KB041059

Only Sense
온리 센스 온라인
Online 10

아로하자초 지음
유키상 일러스트
한신남 옮김

**"이얏~호!
돌진이야!"**

뮤우 *Myu*

[길의 던전] 공략 중 ——

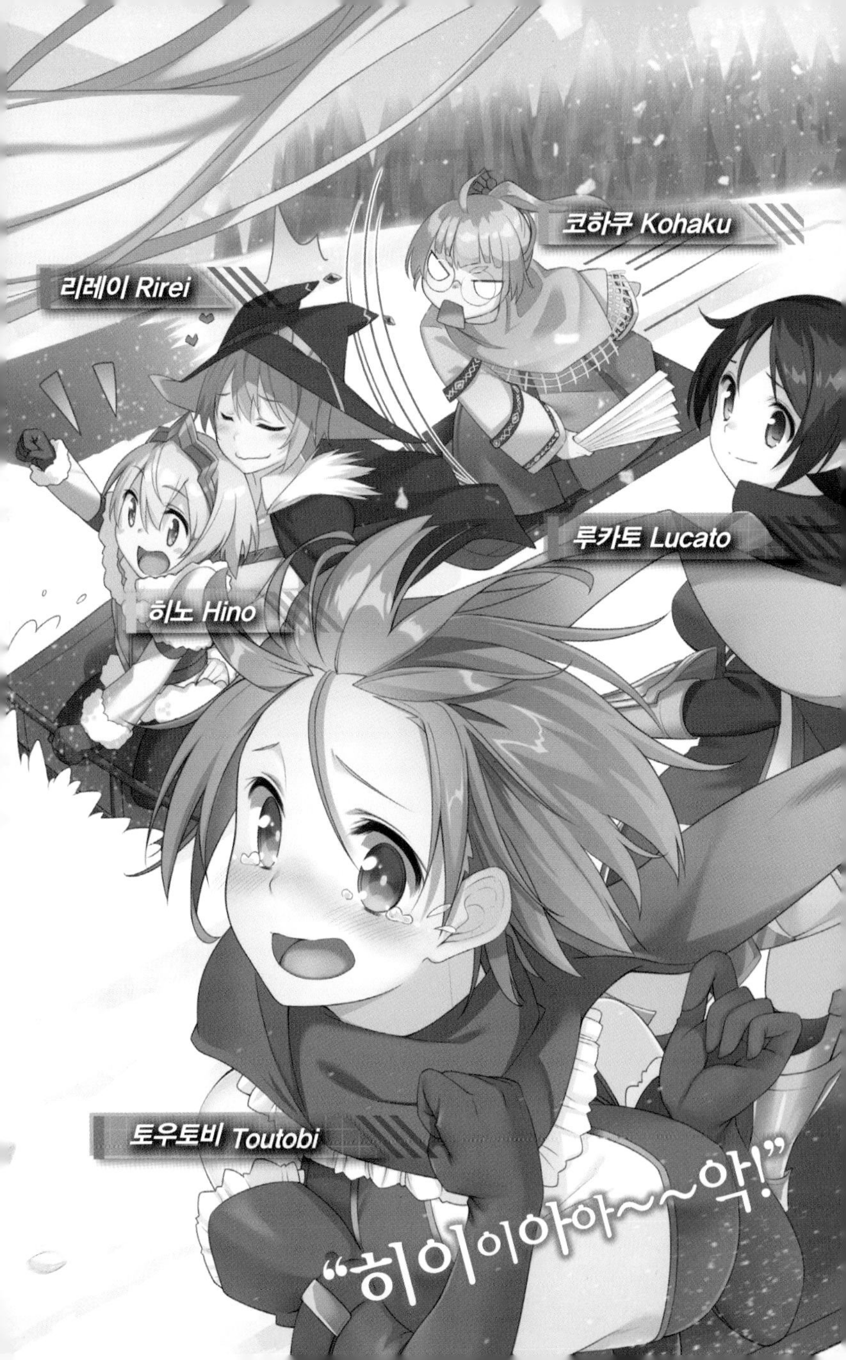
코하쿠 Kohaku
리레이 Rirei
루카토 Lucato
히노 Hino
토우토비 Toutobi
"히이이아아~~악!"

Ryui 뤼이 ≫

윤이 사역하는 유니콘. 물과 정화의 마법으로
대상이 되는 플레이어의 몸을 지킨다. 성장하
면서 은폐 능력이 강화되어서 접촉한 것까지
힘이 미치게 되었다.

≪ 네시아스 Nesias

리리가 사역하는 불사조. [소생]으로
대상이 되는 플레이어를 죽음 속에서
되살린다. 추울 때는 꼬리의 불이 조금
도움이 된다.

Kutusita 쿠츠시타 ≫

클로드가 사역하는 행운의 고양이. 플레이
어의 LUK 스테이터스를 향상시킨다. 아이
템 발견율 등과 관련이 있고 생산직에게
크게 공헌한다.

≪ 리쿠르 Ricoeur

마기가 사역하는 마빙랑(魔氷狼). 얼음덩
어리를 만들어내고, 대상 적을 향해 발사
할 수 있다. 성장하면서 길어진 발톱과 이
빨은 수많은 적을 없앤다.

온리 센스 온라인
10

아로하자초 지음 | **유키상** 일러스트 | **한신남** 옮김

S노벨

커버 그림, 본문 일러스트 | **유키상**

Only Sense Online
크리스마스 던전과 음향액

Only Sense
온리 센스 온라인
Online 10

윤 *Yun*

최고로 인기 없는 무기 [활]을 택해버린 초심자 플레이어. 수습 생산직으로서 부가 마법이나 아이템 생산의 가능성을 깨닫기 시작하고————

뮤우 *Myu*

윤의 리얼 여동생. 한 손 검과 광 마법을 다루는 성기사로 완전 전위형. 베타판에서는 전설이 될 정도의 치트급 플레이어.

마기 *Magi*

톱 생산직 중 한 명으로 플레이어들 중에서도 유명한 무기 장인. 윤의 든든한 선배로 충고를 해준다.

세이 *Sei*

윤의 리얼 누나. 베타판부터 플레이어한 최강 클래스의 마법사. 수 속성을 주로 다루고 모든 등급의 마법을 구사한다.

타쿠 *Taku*

윤을 OSO로 끌어들인 장본인. 한 손 검을 다루고 경갑옷을 장비하는 검사. 공략에 애쓰는 정통파 플레이어.

클로드 *Cloude*

재봉사. 톱 생산직 중 한 명으로 의복류 장비품 가게의 주인. 윤이나 마기의 오리지널 장비 클로드 시리즈를 만들었다.

리리 *Lyly*

톱 생산직 중 한 명으로 일류 목공 기술자. 지팡이나 활 등의 수제 장비는 많은 플레이어에게 인기를 얻고 있다.

서장 교환 아이템과 작은 문제

기간 한정 퀘스트를 테마로 한 겨울 이벤트가 개최되는 OSO.

그 OSO에서 사용하는 포션이나 소모 아이템을 다루는 가게 [아트리엘]의 공방에서, 나는 재고를 체크하고 있었다.

"이벤트가 진행되면서 납품계 퀘스트에 필요한 아이템을 사러 오는 사람이 많으니까 재고가 떨어지지 않도록 해야지."

내가 그렇게 중얼거리면서 구입 제한을 설정한 아이템의 연일 판매량을 확인하자, 평소와 비교해서 일시적으로 매상이 올라 있었다.

"여태까지 소재를 모아놓은 게 있으니까, 이 이벤트 동안에는 문제없겠지. 달리 문제는…… 음?"

나는 아이템 재고 다음으로 생산소재 재고를 확인하다가 의문을 드러내었다.

이 [아트리엘]에서 사용되는 생산소재 아이템은 나 자신이 필드에서 채취한 것이나 플레이어에게서 구입, NPC 쿄코에게 부탁하여 NPC 점포나 노점에서 구입한 것 외에 가게 밖에 있는 밭에서 재배한 것을 사용한다.

그러한 소재의 재고 일람 중에 밭에서 재배한 것을 중심으로, 아이템의 일부 수확량이 감소하였다.

"이게 어떻게 된 거지? 쿄코한테 물어볼까."

점포에서 가게를 보는 쿄코를 찾아서 말을 걸었다.

"쿄코. 확인 좀 하고 싶은데."

"예, 무슨 일입니까?"

애교 있는 얼굴로 가볍게 고개를 갸웃거리는 쿄코에게 나는 방금 전에 발견한 수확량 변화에 대해 물었다.

"요 며칠 동안 밭에서 재배한 일부 아이템의 수확량이 감소했는데, 이유를 알겠어?"

"예. 그것은 기온의 변화로 식물 생육이 늦어지기 때문입니다."

쿄코의 말에 나는 수확량 감소가 최근 업데이트에서 환경에 따른 [한랭 대미지]가 추가된 즈음부터라는 걸 깨달았다.

"그런가. [한랭 대미지]는 플레이어만이 아니라 이런 곳까지 영향이 나오는군."

업데이트 전후의 [한랭 대미지] 대책이나 겨울 퀘스트 이벤트에 정신이 팔려서 [아트리엘]의 관리는 쿄코에게 도맡겼기 때문에 알아차리는 게 늦었다.

"약초 계열 소재는 기온차에 강해서 1년 내내 안정되게 수확할 수 있습니다만, 꽃을 피우는 종류의 소재는 꽃가루를 옮기는 곤충 등의 문제로 아무래도 생육이 늦어집니다."

그렇게 말하고 미안하다는 표정을 하는 쿄코.

"큰 영향은 없지만, 수확량이 줄어든 상태면 다소 곤란한데."

내가 뒷머리를 긁적이자 쿄코가 몇 가지 대응책을 내주

었다.

"수확량을 올리는 방법으로는 역시 따뜻한 장소에서의 재배겠지요. 예를 들어서 화분에 옮겨 심어서 실내에서 재배한다든가, 따뜻한 지역으로 옮기는 겁니다."

"그래, 알았어. 그쪽 대책은 내가 생각할 테니까, 쿄코는 평소처럼 일을 부탁해."

"예, 알겠습니다."

가볍게 고개 숙이는 쿄코에게 나는 미소를 보여주면서 가게 재고 확인을 마치고 지인과의 약속 장소로 향했다.

"뤼이, 자쿠로. 나갈 거니까 이리 와."

내 말에 [아트리엘]의 점포에 설치된 오픈 스토브 앞에서 불을 쬐던 검은 새끼 여우인 자쿠로가 내 발치로 달려와서 몸을 기어올라 동복의 후드 안으로 쏙 들어갔다.

이미 그 장소가 자쿠로의 특등석이 된 것에 쓴웃음을 짓자, 또 한 마리의 파트너인 유니콘 뤼이가 천천히 일어나서 내 곁으로 다가왔다.

딱 좋은 위치에 있는 뤼이의 감촉 좋은 갈기를 쓰다듬고서 걸어갔다.

"자, 리리네 가게로 갈까."

오늘은 리리의 가게에서 생산직의 다과회가 개최된다.

나는 뤼이와 자쿠로를 데리고 마을의 동서를 잇는 대로의 동쪽에 위치한 [리리의 목공점]으로 발을 옮겼다.

가게 안은 여전히 북적대는 모습이라서, 다른 플레이어

사이를 빠져나가서 카운터까지 가자 점원 NPC가 우리를 가게 안쪽으로 안내해주었다.

　가게 외관으로 보자면 그 너머에 아무것도 없을 장소에 설치된 검은 문 앞까지 안내받은 내가 주저 없이 그 문을 열고 안에 들어가자——

　——광대한 평원과 멀리까지 보이는 나무들. 그리고 조선소로 삼으려고 만든 거대한 건물을 볼 수 있었다.

　여름의 캠프 이벤트에서 리리가 보수로 입수한 [개인 필드 소유권]으로 만든 평원은 따뜻한 온기로 가득해서, 동복인 채로는 더워서 가슴께를 조금 풀었다.

　"여기는 따뜻하네."

　내 중얼거림과 함께 동복의 후드 부분에 쏙 들어가 있던 자쿠로가 슬쩍 빠져나왔고, 뤼이는 자력으로 성장한 모습으로 변하여 제한되었던 능력을 해방했다.

　"어이, 윤찌, 이쪽이야~!"

　내가 검은 문에서 나온 걸 보았는지 조선소로 만든 건물 앞에 놓인 테이블에서 손을 흔드는 모습이 보여서 그리로 걸어갔다.

　"윤찌, 어서 와."

　리리가 직접 만든 테이블 위에는 차나 과자가 있었고, 나는 먼저 와 있던 클로드와 리리에게 인사했다.

　"클로드, 리리, 기다렸어?"

　"아니, 문제없다. 다만 오늘은 마기가 갑자기 불참하게 되었다."

"어?! 그래?"

클로드의 말에 조금 아쉽게 생각했다. 얼마 전에 마기 씨와 정보를 제법 교환했기 때문에 지금 딱히 듣고 싶은 정보는 없지만, 그래도 전원 참가라는 말을 듣고 기대했었다.

그런 나의 반응을 본 클로드는 표정을 풀며 그 이유를 말했다.

"마기가 갑자기 불참하게 된 이유는 리쿠르가 성장했기 때문이다."

"어?! 그거 경사스러운 일이로군요."

갑작스러운 보고에 놀라는 바람에 어조가 이상해졌지만, 그 말을 듣고 기분이 다소 흥분되었다.

새끼 늑대인 리쿠르는 어떤 식으로 자랐을까. 보통 늑대 정도 크기가 되었을까. 그리고 이빨이나 발톱이 날카로워져서 멋있어졌을지도 모른다.

그걸 상상하니 만나는 게 기대되었다.

"뭐, 그런고로 마기는 성장한 리쿠르의 검증을 위해 불참이다. 자, 다과회를 시작할까."

보기 드물게 멤버가 한 명 빈 상태의 다과회는 성수가 된 뤼이의 방어구 의논과 겨울 퀘스트 이벤트 기간이 한 고비를 넘긴 현재 새롭게 추가된 정보에 대한 고찰로 들어갔다.

"자, 우리가 사역하는 몹이 차례로 성장하였으니, 나는 그 장비품을 만들까 하고……."

"꾸우~."

"클로드⋯⋯."

"크로찌⋯⋯."

나는 이 공간이 따듯해서 동복을 벗어 무릎 위에 개어두
고 그 위에 자쿠로를 앉혔다. 바로 그 자쿠로의 슬픈 울음
소리에 나와 리리가 클로드를 노려보았다.

"음, 미안하군."

"자쿠로는 신경 안 써도 돼. 천천히 성장하면 되니까."

내가 그렇게 말하고 위로하자 우리의 마음이 전해졌는지
자쿠로가 조금 안정을 찾았다. 이 자리에 있으면 이야기에
방해된다고 느낀 뤼이는 자쿠로와 클로드의 사역몹인 행운
의 고양이 쿠츠시타, 그리고 리리의 사역몹인 불사조 네시
아스를 데리고 평원으로 나가서 함께 편하게 시간을 보내기
시작했다.

"⋯⋯이야기를 되돌리지. 내 쿠츠시타나 리리의 네시아
스는 성장하더라도 소형의 보조계 몹이니까 전위로 세울 수
없기 때문에 액세서리 계열의 장비가 좋을까 하는데, 윤의
뤼이는 올라탈 수도 있는 몹이다. 방어구로서의 효과 이상
으로 안정된 기승을 위한 것이 필요하지 않을까?"

클로드의 말처럼 저번에 장비 없는 상태로 뤼이를 탔었는
데 꽤 불안정해서 내 몸에 오는 부담이 컸다. 뤼이를 탈 때
마다 목에 매달려서 아무것도 못 해선 곤란하다.

"그래. 뤼이를 탄 채로 활을 쏘려면 필요하다고 봐."

"그럼 결정되었군. 뭐 자세한 요망 있나?"

클로드의 말에 나는 턱에 검지를 대고 생각했다.

"별달리 없어. 장식은 삼가주었으면 기쁘겠지만."

"그래, 그럼 얼른 성장한 뤼이의 사이즈를 재고 디자인을 정해야지."

클로드는 씨익 웃더니 평원을 가볍게 달리는 뤼이에게 시선을 주었다.

그 순간, 클로드의 시선을 느꼈는지 도망치듯이 단숨에 가속해서 달려가는 뤼이. 하지만 그 움직임이 오히려 클로드의 영감을 자극하였는지 줄자를 꺼내고 무시무시한 웃음소리를 내며 뤼이를 추적하는 클로드.

"하하하핫! 얌전히 성장한 그 몸을 측정하게 해라!"

나는 뤼이를 쫓아서 달려가는 클로드를 굳은 얼굴로 바라보았고, 리리는 쓴웃음을 지으면서 화제를 바꾸기 위해 말을 꺼냈다.

"그렇지, 윤찌는 퀘스트칩을 어디 쓸지 정했어?"

"아, 그거 말이지."

얼마 전에 3주 예정인 겨울 퀘스트 이벤트 중 첫 주가 끝났을 단계에 새롭게 이벤트에 관한 정보가 공식으로 올라왔다.

나는 메뉴를 조작하여 공식 이벤트 공지를 불러내었다.

"이걸 봐도 딱 와닿는 게 없어서."

거기에 주르륵 나열된 것은 퀘스트칩과 교환 가능한 아이템 일람이었다.

이벤트 기간 중에 모은 퀘스트칩은 이벤트 종료시에 아이템과 교환할 수 있는데, 그 아이템에는 여러 종류가 있다.

개인이 쓸 만한 거라면 단순히 퀘스트칩 1개 당 3만 G와 교환할 수 있고, 길드가 쓸 만한 거라면 퀘스트칩 300개 이상으로 교환할 수 있는 [거대 필드 소유권] 등이 있다.

그 외에는 유니크 아이템이 랜덤으로 들어오는 [랜덤 박스]라는 아이템이나 여름의 캠프 이벤트의 입상자에게 배부된 보수 아이템 등도 교환할 수 있는 아이템의 일부로 실려 있었다.

하지만 나로서는 탐나는 게 하나도 없었다.

"지금 내가 가진 퀘스트칩은 25개니까 교환할 수 있는 건 [랜덤 박스(3개)]까지인데, 별로 구미가 당기질 않아."

"그래. 하지만 이벤트는 아직 2주 있으니까 윤찌는 더 상위 경품을 노려보지? 일단 나는 50개까지 목표로 삼고 있어."

거기까지 가면 전부 확인하는 것도 고생일 만큼 교환 가능한 품목이 늘어나는데, 목표로는 좋을 듯하다.

"리리는 50개로 뭘 고를 거야?"

"나? 으음. 사실은 나도 이거다 하고 정한 건 없어. 일단 50개 모으고, 남는 건 [생산 길드]용 아이템과 교환하는 쪽에 쓴다는 느낌이야."

"그래. 하지만 난 개인이니까 길드용 아이템하고 교환할 수 없고. 으음, 뭘 입수할까."

나는 차를 마시면서 메뉴의 교환 아이템 일람을 보다가

[아트리엘]을 나서기 전에 쿄코와 나누었던 대화를 떠올렸다.

"그러고 보면 [한랭 대미지]의 추가로 일부 약초의 수확량이 떨어졌지."

"으음, 내 숲에서는 그런 일 없지만."

"윤은 지금 일부 약초라고 말했으니까 기온차의 영향을 받기 쉬운 게 있겠지. 그 점에서 리리의 개인 필드는 기온에 좌우되지 않는 게 이점이로군."

전력질주로 복장이 흐트러지긴 했지만, 줄자로 뤼이를 다 쟀는지 만족스러운 얼굴로 돌아온 클로드가 이야기에 끼어들었다.

"클로드, 어서 와. 분명히 클로드의 말이 맞아. 그러니까 거기에 대처하기 위해서 온도 변화를 줄일 수 있을 만한 아이템이 있으면 좋겠는데……."

리리처럼 [개인 필드 소유권]을 입수하려면 퀘스트칩이 100개 필요하지만, 이벤트 기간 안에 거기까지 모을 실력은 내게 없다.

"흠. 교환 아이템 일람에는 없지만, 내가 생각하는 방법으로는 온난한 장소에 새로운 거점을 만드는 정도로군. 예를 들어서 [도깨비의 별장] 근처는 어떤가?"

화산 에어리어의 상부에 있는 아인계 몹이 마을을 만든 던전——[도깨비의 별장].

그 던전 내부에 있는 플레이어용 홈을 구입하는 것을 클로드는 제안하였다.

분명히 하나의 대책으로서는 괜찮겠지만, 제1마을에 홈을 구입하는 것과 비교하면 가격이 훨씬 비쌌다.

[도깨비의 별장]은 최저가가 1000만 G인 홈이 늘어서는 장소다. 퀘스트칩으로 환산하면 300개 이상 필요하기 때문에 비현실적이라고 할 수밖에 없다.

"하아, 좀처럼 좋은 대책이 없네. 최악의 경우에는 수확량은 떨어지지만 화분에 옮겨 심어서 실내에 두든가, 새로운 밭이라도 사서 재배량을 늘리는 걸로 커버할까."

그렇긴 해도 [아트리엘] 안에 화분을 둬서 비좁게 만들고 싶진 않고, 밭도 너무 늘리면 관리가 힘들다는 생각이 있었다.

"뭐, 아직 이벤트 기간은 2주 이상 있으니 교환 아이템 일람을 다시 살펴볼게. 차 잘 마셨어."

클로드와 리리와의 다과회가 끝나자, 나는 자리에서 일어나서 둘에게 인사했다.

"음? 평소보다 이른데 무슨 예정이라도 있나?"

"어, 이다음에 [조합] 센스의 이벤트 퀘스트 때문에 새로운 레시피를 배우러 갈까 해."

"그럼 열심히 해라. 이쪽도 뤼이의 장비를 준비해두지. 완성되거든 또 연락하지."

"그럼 윤찌, 수고했어. 다음에 또 차 마시자!"

나는 벗어두었던 동복을 입자, 특등석이 된 후드 속으로 자쿠로가 들어갔다. 그리고 클로드가 쫓아와서 지쳤는지 새끼로 돌아온 뤼이를 위로하듯이 쓰다듬으면서, 뤼이와 자쿠로를 데리고 [리리의 목공점]을 뒤로 했다.

그 뒤에 [아트리엘]로 돌아가지 않고 대로에서 한 블록 들어간 곳에 있는 어느 가게로 향했다.

1장   중급 레시피와 피로회

나는 클로드와 리리와 헤어진 뒤에 NPC의 약가게에 왔다.

넝쿨로 뒤덮인 외벽과 기분 나쁜 간판의 가게. 시간에 따른 열화로 변색되어서 약가게라기보다 마녀의 집으로밖에 보이지 않는 가게에 발을 들여놓았다.

"뭐냐, 꽤 늦었잖냐. 기다리다 지쳤다."

"포션 레시피를 배우러 왔어."

이 가게의 주인 NPC인 삐딱한 성격의 할머니에게 말을 건네자, 할머니는 콧방귀를 뀌고 일어서더니 흔들림 없는 걸음으로 가게 안쪽으로 들어갔다.

"얼른 따라오지 못하겠냐! 시간은 유한해!"

"아, 알았어."

나는 뤼이와 자쿠로에게 카운터에서 기다리라고 이르고, 할머니의 뒤를 따라서 가게 안쪽의 공방으로 들어갔다.

그 공방에서는 종이 몇 장을 붙인 보드가 세워져 있어서 이벤트의 퀘스트보드처럼 보였다.

"자, 내가 아픈 동안 멈춰있던 일을 네가 대신 하는 거다. 그러면 나는 쌓인 의뢰를 달성할 수 있고, 너는 내가 아는 조합 레시피를 배울 수 있지. 기브 앤드 테이크란 거야."

그렇게 말하면서 이 중에서 하나 골라보라는 듯이 보드 앞으로 가라고 턱짓을 하였다.

[메가포션 납품(15개)]━━퀘스트칩 2개

[MP포트 납품(15개)]━━퀘스트칩 2개

[옐로우포션(15개) 납품]━━퀘스트칩 1개

[도깨비의 묘약환(15개) 납품]━━퀘스트칩 1개

[성산의 마법수(15개) 납품]━━퀘스트칩 1개

[내성 부여 포션 4종류(30세트) 납품]━━퀘스트칩 10개

[마법약:음향액(5개) 납품]━━퀘스트칩 2개

[마법약:섬광액(5개) 납품]━━퀘스트칩 2개

[마법약:소암액(5개) 납품]━━퀘스트칩 2개

여태까지의 납품계와 비슷한 퀘스트가 붙어 있지만, 그 보수가 죄다 퀘스트칩이었다.

뭐, 퀘스트 진행 과정에서 새로운 레시피를 입수할 수 있다고 생각하면 타당할지도 모르겠다.

몇몇 포션은 이미 알지만, 내가 모르는 이름의 포션이나 마법약, 게다가 여러 종류의 세트 납품 등도 있어서 마음이 뛰었다.

"자, 너는 어느 것부터 만들 거지? 최악의 경우, 내가 다 못 가르쳐줄 때에는 이 레시피들이 적힌 [중급 약사 기술서]를 팔아주지. ━━100만 G로."

"비싸! 그런 돈이 어디서 나온다고!"

"지식은 돈이 된다. 그 정도는 금방 벌 수 있어. 자, 어쩔

거냐."

그렇게 말하며 손에 든 가죽장정 책을 흔들어 보이는 할머니를 향해 나는――

"지금은 수중에 돈이 없으니까 나중에 살게."

"호호홋, 좋아, 좋아. 그럼 책을 사기 전에 일단 간단한 레시피부터 하나 만들면 되겠지."

그렇게 말하며 나더러 얼른 퀘스트를 받으라고 재촉하는 할머니.

나는 보드의 종이 중에서 [메가포션의 납품]이라는 퀘스트를 수주했다.

"호오, 그걸 골랐나. 좋아. 만드는 법을 가르쳐주마. 그렇긴 해도 메가포션을 만드는 방법은 포션이나 하이포션과 똑같아."

그렇게 말하며 할머니가 꺼낸 것은 하이포션의 소재인 약령초의 상위 계열 약초 아이템 [약비초]였다.

"이 약비초를 포션과 마찬가지로 달여서 물을 넣고 만든다. 하지만 이 제작 도중에 한차례 손을 쓸 필요가 있지. 그게 중급 이상의 약을 만드는 법이야."

"어떤 수를 쓰는데?"

"잘 들어라. 메가포션이나 MP포트는 마력을 사용하여 효과의 안정과 향상을 꾀한다. 그러지 않으면 단순한 포션과 똑같아져. 그러니까 약초에 마력을 넣든가, 포션에 마력을 넣는 거야."

마력을 넣는다는 소리는 MP를 소비하여 효과를 끌어올린다는 걸까.

조합 같은 생산에서는 분명히 MP를 쓰는 경우가 있지만, 그건 조합계 스킬을 이용한 아이템의 스킬 제작의 경우였다.

그러니까 수작업으로 조합할 때는 MP를 소비하지 않는데, 이 이상 레벨의 포션을 만들 때에는 MP를 소비하는 모양이다. 하지만 그 방법을 모르겠다.

"마력을 넣는다면 [부가] 센스의 인챈트 같은 건가?"

"그거랑은 다르지. 인챈트란 마력에 지향성을 띠게 하는 것을 말한단다. 마력을 넣는 것은 물품에 순수한 마력을 정착시켜서 그 물품이 본래 가진 능력을 끌어올리는 걸 말하지. 우리는 그걸——[마력부여]라고 말하지."

"그런데 그걸 어떻게 하는 건데?"

내가 내 손바닥을 가만히 바라봐도 할머니가 말하는 [마력부여]를 할 수 있을 것 같지 않았다.

"그걸 가르치려고 하는 거 아니냐. 자, 거기 벽장에 있는 걸 가져오거라."

할머니가 시키는 대로 커다란 벽장을 열어보자 거기에는 묵직한 육각형의 받침대가 있었다.

내가 그 받침대를 두 팔로 껴안듯이 들어서 조합대 위로 이동시키자, 할머니가 그 받침대 중앙에 단순한 포션을 설치했다.

"이게 네가 [마력부여] 스킬을 익힐 [마력부여대]다. 자,

여기에 오른손을 놓고."

"이러면 돼?"

내가 받침대에 손 모양으로 파인 곳에 오른손을 대자, 거기서 조금씩 뭔가가 빠져나가는 것이 느껴지는 동시에 내 MP가 줄어드는 걸 메뉴로 확인할 수 있었다.

그와 함께 육각형의 받침대에 새겨진 홈에서 빛이 넘쳐나고 기하학 무늬를 만들어내더니 중앙에 설치된 포션에 빛이 모여들었다.

"그 정도면 됐다."

할머니의 말에 내가 받침대에서 손을 떼자, 기하학 무늬로 넘쳐나던 빛이 서서히 포션에 흡수된 뒤에는 맑게 빛나는 포션이 완성되었다.

포션 [소모품]

회복 [HP+33%]

마력부여로 강화된 보통 포션은 회복량이 늘어났다.

하지만 그 회복량은 기본 포션의 효과에서 1할만큼 올라간 정도라서 솔직히 미묘한 기분이었다.

이거라면 내가 수작업으로 생산한 포션이 회복량이 많다.

"회복량은 이것밖에 안 올라? MP를 더 넣으면 회복량이 더 오르나?"

"무슨 바보 같은 소리냐! 폭발이라도 일으키려고?!"

"우와……."

나는 할머니에게 꾸중을 들었다. 분명히 MP를 너무 넣으면 폭발할지도 모르겠다.

화내던 할머니는 한차례 헛기침을 한 뒤에 계속해서 설명해주었다.

"뭐, 이걸로 너는 [마력부여대]를 통해 [마력부여]를 할 수 있어."

할머니의 말에 반응하듯이 메뉴의 인포메이션에 새로운 스킬 취득 메시지가 나왔다.

──EX 스킬 [마력부여]를 취득하였습니다.

"오오, [마력부여]는 EX 스킬인가. 그럼 다른 생산 분야에도 쓸 수 있겠네. 액세서리를 만들 때의 소재에 [마력부여]를 한다든가. ──"내 가게는 약가게야! 내 눈에 흙이 들어가기 전에 후계자 후보에게 그런 짓은 안 시킬 테니까!"── 예이."

좋은 아이디어라고 생각했는데, 할머니에게 또 꾸지람을 들었다. 그리고 어느 틈에 나는 후계자 후보가 되어 있었다.

"뭐, [마력부여] 스킬을 쓰지 않아도 같은 효과를 얻는 방법으로는 마력을 채운 것에 소재를 담가서 마력을 정착시킨다든가, 특정 의식을 치르는 등 다양하지."

이 [마력부여대]도 술자와 공기 중의 마력을 흡수하여서

섞는 의식도구라나. 그렇게 말한 할머니는 내게 [마력부여
대]의 정리를 시켰다.

　이걸로 퀘스트보드에 붙은 종이에 적힌 포션을 만들 준비
가 되었다.

　나는 장비 센스를 조정하고 다시금 할머니에게서 메가포
션 제작법을 배웠다.

소지 SP 45
[마궁 Lv6] [하늘의 눈 Lv14] [간파 Lv24] [준족 Lv20]
[마도 Lv18] [부가술 Lv41] [조교 Lv21] [지 속성 재능 Lv29]
[조약사 Lv3] [생산직의 소양 Lv3]
대기
[활 Lv50] [장궁 Lv30] [연금 Lv44] [합성 Lv44] [조금 Lv25]
[요리인 Lv15] [수영 Lv15] [언어학 Lv24] [등산 Lv21]
[신체 내성 Lv5] [정신 내성 Lv4] [물리공격 상승 Lv7]
[선제의 소양 Lv8] [급소의 소양 Lv8]

　"메가포션 제작법은 약비초를 물 또는 생명의 물로 달인
다. 그 뒤에 [마력부여]를 하면 완성이지."

　나는 건네받은 약비초를 막대사발에 간 뒤에 보통 증류수
를 넣고 작은 냄비로 가열했다.

그러자 보통 포션이나 하이포션보다 약효 성분을 추출할 수 있는 온도의 범위가 좁은 건지, 격하게 거품이 일기 직전의 온도를 넘자 약비초의 선명한 녹색이 바로 탁해졌다.

그 시점에서 다급히 냄비를 불에서 치우고, 냄비 안의 남은 약초 부스러기를 버리고, 열기가 식고 색깔이 가라앉기를 기다렸다.

그리고 완성된 액체를 포션병에 담아서 스테이터스를 확인했다.

하이포션 [소모품]

회복 [HP+40%]

그건 보통 하이포션과 비교해도 약효가 떨어지는 열화품이고, 이 단계에게서는 아직 메가포션이 되지 않았다.

여기부터 이 하이포션이 어떻게 변할지를 기대하면서 나는 EX 스킬을 사용했다.

"──[마력부여]."

약비초로 만든 하이포션에 손을 대고 MP를 주입하였다.

일정 비율로 들어드는 MP와 함께 [마력부여대]에 놔두었을 때와 마찬가지로 빛나기 시작하는 하이포션.

얼마나 넣으면 되는 걸까, 처음이라서 판단할 수 없는 나는 내 MP를 관찰하면서 포션병의 빛에 주의하였다.

"이제 슬슬 됐다! 멈춰!"

할머니의 말을 듣고 하이포션에 MP를 넣던 걸 멈췄다. 대충 내 MP의 5퍼센트 정도를 포션병에 주입했을까. 이 이상 하면 폭발하는 모양이다.

그리고 새롭게 [마력부여]를 한 하이포션은 직전의 탁한 색깔이 아니라 다소 색상이 연하고 맑은 포션으로 변한 데다 스테이터스도 크게 변하였다.

메가포션 [소모품]

회복 [HP+60%]

"[마력부여]를 하면 이렇게 회복량이 변하는구나."

"왜 멍하니 있는 거냐! 이런 건 조악해서 못 써! 아직 납품할 레벨도 안 되고 개수도 부족하니까 팍팍 만들어!"

그 말과 함께 내 앞에 있는 연한 색상의 메가포션을 빼앗아가더니 납품할 14개의 메가포션 재료가 준비되었다.

"뭐, 방법을 알면 그 다음은 세세한 부분을 조정할 차례인가."

약령초와 비교해서 적정온도가 다소 까다롭지만 그것만 통과하면 간단해서, 곧바로 처음 만든 것의 효과를 웃도는 메가포션을 완성시키고 퀘스트를 클리어할 수 있었다.

하지만 더 고품질의 포션으로 만들기 위해선 레시피의 개량이 필요하다고 느껴져서 얼른 [아트리엘]로 돌아가 조합 연구를 하고 싶었지만——

"소재인 약비초가 없으면 메가포션을 만들 수 없지. 그리고 아직 의뢰는 남아 있다."

소재가 없으면 아이템을 만들 수 없다는 기본적인 사실을 떠올린 나는 얌전히 다음 [MP포트] 조합에 착수했다.

이쪽은 마령초의 상위인 혼백초를 사용하고 마지막에 [마력부여]로 완성시킬 수 있었다.

MP포트 [소모품]
회복 [MP+50%]

이쪽도 정해진 납품수만큼 만들었지만, 이것 또한 아직 개량의 여지가 있을 듯했다.

[아트리엘]로 돌아가서 여러 조합의 수순이나 소재 상태의 차이, 배합률 등을 연구하고 싶은데…….

"약비초나 혼백초가 없으면 메가포션과 MP포트를 만들 수 없지."

시험 삼아서 두 개의 하위소재인 약령초나 마령초로 만든 포션에 [마력부여]를 해도 회복량이 향상될 뿐이지 메가포션이나 MP포트가 되진 않았다.

역시 대용 소재로는 못 만드는 모양이다.

"히히힛. 너는 내 후계자 후보야. 특별히 소재를 나누어 줄 수도 있지."

"정말로?!"

"그래, 다만 약비초와 혼백초는 각각 1개당 5만 G다."

"뭐?! 너무 비싸잖아!!"

하위 약초인 약령초나 마령초는 개당 500G로 파는데, 단숨에 가격이 폭등했다.

"자, 자, 어쩔 거냐? 포기할 테냐?"

"으으으으으……. 각각 다섯 개씩 부탁합니다."

"히히힛, 그래야지. 그럼 [중급 약사 기술서]도 팔릴 날이 기대되는구나."

"아앗! 그쪽도 살 필요가 있다는 걸 잊어버렸다!"

수중의 자금 50만 G로 약비초와 혼백초를 구입한 뒤, 약 가게 할머니의 그런 말을 듣고서야 새로운 포션을 만드는 필요경비가 늘어나는 사실에 골머리를 앓는 나였다.

●

며칠 뒤 나는 NPC 쿄코와 함께 가게 뒤쪽에 있는 밭으로 갔다.

"좋아, 이걸 심고 상황을 볼까. 약초 계열의 씨앗이니까 마찬가지로 자랄까?"

"괜찮을 거라 생각합니다. 농부에게도 물어보았겠죠?"

쿄코의 말에 나는 쓴웃음을 지으면서 끄덕였다.

새롭게 입수한 식물 씨앗이나 묘목 등은 매번 평소에 신세지는 NPC 농부에게 재배법 등을 물어본다.

그 결과 [아트리엘]의 밭에는 약초 계열 아이템 외에도 도등화 나무나 시유 열매의 묘목이나 이동백 묘목, 활력수 등이 뿌리를 내리고 자라서 열매를 맺었다.

그중에 [한랭 대미지]의 추가로 육성 속도가 느려진 종류의 약초를 재배하던 밭의 일부를 새로 약비초나 혼백초 재배에 투입하였다.

약비초나 혼백초 씨앗의 입수 방법은 예전처럼 [연금] 센스의 [하위변환] 스킬로 약초에서 씨앗으로 되돌렸다.

그걸 밭에 뿌리고 키워서 수확한 약초를 다시금 [하위변환]으로 씨앗으로 바꾸는 것으로 재배 숫자를 늘려가면 메가포션이나 MP포트를 안정되기 수확할 만한 준비가 갖추어진다.

"뭐, 일러야 1주일 안팎일까?"

"그렇지요. 또 무슨 일이 있거든 제가 보고하겠습니다."

그렇게 말하며 나와 쿄코는 각자 씨앗을 뿌린 뒤의 밭에 물뿌리개로 물을 주었다.

그렇게 넓은 밭도 아니기 때문에 금방 끝나서 둘이서 [아트리엘]의 점포로 돌아오자, 낯익은 플레이어가 이쪽에 등을 돌리고 상품 샘플을 구경하고 있었다.

"타쿠, 왔구나."

"여어, 윤이 밭에 있는 게 보여서 좀 기다렸지."

내가 말을 걸자 점포로 돌아온 것을 안 타쿠가 돌아보며 인사했다.

"오늘은 혼자네? 무슨 일이야?"

"아니, 윤한테 일이 있다면 있긴 한데. 뤼이 좀 보러 왔어."

타쿠의 어색한 말에 고개를 갸웃거리자, 타쿠가 [아트리엘]에 온 목적을 말하기 시작했다.

"뮤우한테 들었어. 윤이 사역하는 유니콘이 성장했다고 말이야. 그리고 다른 지인도 마을에서 봤다고 그러고."

"아, 저번에 말이지."

아마 마을을 질주할 때에 잠깐 모습을 보였던 것이 퍼졌을 거라 생각한다.

그런 일로 일일이 보러 오나? 그렇게 생각하는 나와 대조적으로 표정이 다소 딱딱해진 타쿠의 모습에 나도 긴장하여서 등을 쭉 폈다.

"성장한 뤼이의 모습을 분명히 본 인간이 얼마나 돼?"

"얼마나 되냐고 해도……."

성장한 뤼이의 모습을 확실히 보인 것은 뤼이의 장비품을 위한 치수를 재기 위해 볼 필요가 있었던 클로드와 그 자리에 함께 있던 리리뿐이다.

뮤우나 마기 씨가 왔을 때에는 뤼이에게 강요하고 싶지 않았기에 완곡히 거절했다.

"분명히 말하자면 확인하러 이 가게에 구경꾼이 몰려들지도 몰라."

"어, 설마 그건……."

나는 농담이라고 생각했는데, 타쿠의 걱정 어린 표정에

진짜라고 느꼈다.

"……진짜로?"

"이벤트에서 동료로 만든 레어한 사역몹이잖아. 그것만
으로도 주목의 대상인데 이번에는 성장했다니. 그런 불확
정 정보를 확인하기 위해 많은 플레이어가 여기에 올 가능
성이 커."

그 외에도 여러 문제가 일어날 가능성이 있다는 타쿠의
말에 또 귀찮은 일이 생기려나 싶어서 나는 하늘을 올려다
보듯이 천장을 보았다.

"그러니까 아는 사람들은 죄다 플레이어들이 우르르 여기
에 밀려들지 않을까 걱정하고 있어."

"그러니까 오늘은 혼자인가……."

간츠 정도가 같이 오려고 했지만, 일단 두고 왔다는 타쿠
의 말에 쓴웃음을 짓는 한편, 낯선 플레이어가 [아트리엘]
에 밀려들 가능성에 나는 눈썹을 찌푸렸다.

소란스러운 분위기도 가끔은 나쁘지 않지만, 조용한 분위
기를 선호하는 나로서는 우울해질 것 같았다.

"그러니까 선수를 쳐서 성장한 뤼이를 제대로 선보이는
자리를 마련하지 않으면 시끄러워질 거란 소리야?"

"그래. 뭐, 윤의 성격은 아니까 강요는 안 하겠는데……."

그때 내가 [간파] 센스에 반응한 [아트리엘]의 입구로 눈
을 돌리자, 가게 안을 엿보던 플레이어를 발견했다.

뤼이는 현재 이러한 플레이어에게서 모습을 숨기기 위해

환술을 썼을 거라고 생각하면서 가만히 그 플레이어를 지켜 보자, 상대는 어쩔 줄 몰라 하면서 [아트리엘] 앞에서 사라 졌다.

"하아, 알았어. 그렇기는 해도 피로회라니 어떻게 할 건데?"

"그렇군. 일단 지인을 중심으로 선보이는 거야. 윤이 성장한 뤼이를 타고 평원을 달리는 모습을 보이면 되지 않을까? 그 부분을 동영상이나 스크린샷으로 찍어서 다른 플레이어들에게도 공개하면 되겠지."

그것만으로도 뤼이를 보러 오는 플레이어가 줄어든다지만, 동영상이 찍히는 건 창피하다.

"하지만 클로드에게 부탁한 뤼이의 장비가 완성될 때까지는 안——"

나는 성장한 뤼이의 피로회를 연기하겠다고 말하려다가, 때마침 메시지를 수신했다.

그 발신자는 클로드였고, 메세지의 내용은——

[——뤼이와 리쿠르의 장비가 완성되었으니까 어떻게 줄지 이야기하고 싶다.]

메뉴에 표시된 메시지를 보고 한마디.

"클로드, 너무 빠르잖아."

이 타이밍을 잰 듯한 메시지는 뭐래? 그리고 이 메시지를 받는 바람에 나는 뤼이의 피로회를 연기할 수 없어졌다.

"윤, 각오해. 그리고 마기 씨의 리쿠르도 성장했다면 같이 보여주면 좋지 않을까? 마침 내일은 휴일이고."

"우우, 알았어."

한숨을 내쉬면서 마기 씨와 함께라면 조금 낫겠다는 마음에 승낙했다.

그리고 마기 씨의 리쿠르와 함께 보여주는 거라면 주목이 분산되어서 그만큼 소동도 줄어들 거란 타산적인 생각도 있었다.

"나는 피로회의 시간을 정해서 뮤우랑 세이 씨, 미카즈치 씨 쪽에게 말하지."

"그건 타쿠한테 맡길게. 그거 끝나거든, 나는 공방에서 새로운 레시피 연구를——"본인 없이 피로회 시간을 정할 수 없으니까 여기서 기다려."——으으, 진짜 귀찮네."

타쿠에게서 [아트리엘] 점포에 대기하란 소리를 들었다.

마음 같아서는 기존 포션의 레시피를 연구하고 싶었는데, 일단 기다리는 시간 동안 포션 재고에 [마력부여] 스킬을 사용하기로 했다.

[마력부여]로 MP를 소비하면서 '이럴 줄 알았으면 밭에서 가게로 돌아오지 말고 심부름 이벤트 퀘스트나 약가게 할머니의 납품계 퀘스트를 받아서 새로운 레시피를 배우러 가면 좋았을걸'이라는 마음에 깊이 한숨을 내뱉었다.

그리고 MP가 바닥나서 자연 회복하는 시간에 나는 문득 어떤 생각을 떠올렸다.

타쿠는 이벤트익 퀘스트칩을 무슨 아이템과 교환할까?

내게 등을 돌리고 지인들에게 메시지를 보내는 타쿠에게

그 의문을 던져보았다.

"어이, 타쿠는 이벤트의 퀘스트칩을 무슨 아이템하고 교환할 거야?"

"뭐야, 뜬금없이?"

"일단 참고삼아서 들어볼까 하고."

나 자신은 일단 퀘스트칩 50개를 목표로 하지만, 교환할 아이템을 정하지 않았기에 다른 사람을 참고하자고 생각하였다.

"그렇네. 가능하다면 퀘스트칩 135개 이상을 목표로 할까. 참고로 지금은 52개."

"목표가 너무 높잖아. 뭐가 탐나는데?"

"100개로 교환하는 [마개조 무기 소재]랑 25로 교환하는 [랜덤 박스(3개)], 나머지 10개로 [인스턴트 하우스]를 예정하고 있어."

"[인스턴트 하우스]?"

낯선 아이템 이름에 메뉴를 열고 10개로 교환하는 아이템 목록에 없는 것을 확인했더니, 타쿠가 자세히 설명해주었다.

"[인스턴트 하우스]는 50개로 교환하는 아이템인데, 간츠나 다른 애들과 10개씩 내서 입수하기로 했어."

타쿠의 말에 다시금 50개로 교환하는 아이템 목록을 조사하니 분명히 [인스턴트 하우스]라는 아이템이 존재했다.

"우리도 슬슬 거점으로 쓸 건물이 필요한데, 토지와 건물을 양쪽 다 준비하려면 돈이 들잖아? 그러니까 제1마을 남쪽의 저렴한 땅을 사고 거기에 [인스턴트 하우스]를 세우려는 생각이야."

[인스턴트 하우스]란 단층짜리 건물을 간단히 세울 수 있는 아이템인 모양이다. 길드나 마을에서 구입하는 것과 비교하면 간소한 건물이지만, 어느 정도는 스스로 디자인을 정할 수 있어서 여러 타입으로 변경할 수 있다고 했다.

메뉴에는 자작 [인스턴트 하우스]의 디자인 테스트 툴이 들어 있어서, 높이나 넓이는 제한되어도 자유롭게 집을 디자인할 수 있었다.

"이거 재미있네. 흙바닥에 나무 바닥에 다다미도 있어."

"그래. 나나 케이는 귀찮은 아이템을 놔둘 곳이 필요할 뿐이지만, 미닛츠와 마미는 꽤 정성들여 디자인하려고 궁리 중이야."

나는 타쿠의 말을 들으면서 '헤에, 이런 건축 재료가 있나'라고 생각하며 [인스턴트 하우스] 디자인 툴로 잠시 동안 장난을 치다가 어느 재료에 눈이 멎었다.

그건 유리판이었다.

본래 창문 등에 쓰는 재료인데, 이건 써먹을 수 있겠다 싶었다.

"나도 [인스턴트 하우스]를 입수하기 위해 힘 좀 써볼까."

"……뭐? 윤한테는 [아트리엘]이라는 거점이 있는데 왜 새로운 집을 원하는데?"

"아니, 사방이 유리로 된 집을 지으면 그 안에서 식물 같은 걸 재배할 수 있지 않을까 싶어서. 온실처럼 말이지."

[한랭 대미지]의 추가로 일부 약초 아이템의 재배 속도가 떨어졌는데 어쩌면 이 아이템으로 해결할 수 있지 않을까? 그렇게 생각하는 나를 향해 그런 줄 몰랐다는 타쿠의 시선에는 황당함이 담겼다.

"50개와 교환할 거면 더 좋은 아이템이 있잖아. 아니면 100개로 교환하는 아이템을 목표로 하든가. 어느 정도라면 퀘스트칩 수집을 도와줄게."

"분명히 100개 교환이라면 [개인 필드 소유권]이 있으니까 그쪽도 좋지만, 관리가 고생일 것 같으니까 난 아담한 게 나을 것 같아. 그러니까 고민이야."

그렇게 말하자 타쿠는 미묘한 표정을 하였다.

"새로운 건물을 짓는다든가 개인 필드 소유라는 이야기가 나오면, 윤만 모형정원 게임을 하는 게 아닐까 불안해지는데. 으음, 뭐라고 할까…… [인스턴트 하우스]를 목표로 힘내봐. 도중에 마음이 바뀔지도 모르고."

"응? 왜 격려하는 건지 모르겠지만, 해볼게."

타쿠의 미적지근한 시선에 고개를 갸웃거리면서도 타쿠와의 대화는 이번 퀘스트의 아이템 교환에 참고가 되었다.

아무튼 퀘스트칩 50개의 [인스턴트 하우스]를 목표로 할까 한다.

그 뒤에도 타쿠가 지인 플레이어들에게 말을 걸어본 결과, 내일 점심 즈음에 뤼이의 피로회를 하기로 결정되었다.

여전히 이런 쪽으로는 행동이 빠른 타쿠다.

그 뒤에 타쿠가 한가하다고 해서 둘이서 간단한 토벌 퀘스트와 드랍템 납품 퀘스트를 받아서 달성, 내 퀘스트칩이 32개로 늘어났다.

적은 머릿수로 효율 좋도록 짭짤한 퀘스트를 받으니까 타쿠나 뮤우 같은 전투직 플레이어가 퀘스트칩을 많이 모을 수 있는 거라고 막연히 생각했다.

●

"언니, 얼른, 얼른!"

"그렇게 보채지 마. 아직 시간까지 여유 있잖아……. 그것보다 언니라고 하지 마."

"하지만 뤼이가 성장한 모습을 얼른 보고 싶은걸!"

나는 아침부터 뮤우 때문에 일어나서 아침을 먹은 뒤 곧바로 OSO에 로그인했다.

그리고 지금 나와 뮤우는 뤼이와 자쿠로를 데리고 제1마을의 서쪽 평원에 왔다. PVP 훈련에 사용되는 일이 많은 서쪽 평원에는 나의 성장한 파트너인 뤼이와 마기 씨의 파트너인 리쿠르의 모습을 보기 위해 지인 플레이어들이 이미 모여 있었다.

"어~이, 언니 데려왔어!"

뮤우가 손을 흔드는 방향에는 타쿠나 세이 누나, 그리고 루카토 같은 뮤우의 파티 멤버에 타쿠의 파티 멤버, 클로드에 리리, 미카즈치와 길드 [팔백만]의 멤버들이 모여서 저마다 이벤트에 관한 정보 교환을 하는 눈치였다.

"루카, 안녕!"

"뮤우, 안녕하세요."

루카토 쪽으로 달려가는 뮤우를 지켜보면서 나는 타쿠에게 다가갔다.

"타쿠. 이게 다야?"

"일단은. 이 단계에서 윤이 모르는 플레이어를 부를 순 없잖아."

그런 말에 주위를 둘러보니 나름 인선해준 모양이라서 안심이 되었다.

"어~이! 윤의 멋진 모습을 동영상으로 담을 준비는 됐냐!"

"다 됐어! 스크린샷 준비도 완벽해!"

"어떤 귀여운 모습도 놓치지 않을 완벽한 포진!"

……안심해도 되나? 나의 뤼이와 마기 씨의 리쿠르의 피로회일 텐데, 길드 [팔백만] 멤버 중 일부에게서는 목적의 취지가 다른, 대단히 불온한 발언이 들려서 나는 그걸 의식하지 않으려고 타쿠와의 대화에 집중했다.

"그러고 보면 마기 씨가 안 보이는데? 리쿠르도 선보일 거 아니었어?"

나는 또 한 쌍의 주역인 마기 씨와 리쿠르의 모습을 찾았지만, 문제의 마기 씨의 모습을 찾을 수가 없어서 타쿠에게 물었다.

"어, 마기 씨는……."

타쿠가 말하려던 순간, 시야 구석에 은색의 뭔가가 들어왔다.

뭐지 싶어서 고개를 갸웃거리며 그쪽을 보자, 은색 동물이 이쪽을 향해 일직선으로 달려왔다. 그리고 서서히 다가오는 은색 동물은 성장한 뤼이보다 한층 큰 훌륭한 체격을 가졌다.

그런 은색 동물은 그 덩치와 무게가 느껴지지 않는 가벼운 움직임으로 나를 향해 일직선으로 달려와서 눈앞에서 멈춰 섰다.

'──아, 나 잡아먹히는구나.'

그렇게 생각하자 다리가 굳어서 움직이지 못하는 가운데, 은색 동물은 내게 어리광부리듯이 목덜미를 비볐다.

잡아먹히지 않는다는 안도감과 목덜미를 들이미는 힘에 뒤로 쓰러지려는 것을 타쿠가 받쳐주었다. 다시금 올려다본 은색 동물에는 낯익은 특징이 있었다.

"……리쿠르?"

푸른 빛이 도는 은색 털을 쓰다듬으며 확인하자 마기 씨의 사역몹인 리쿠르의 감촉이었다.

"아앗, 리쿠르! 윤 군을 놀라게 하면 안 되잖아!"

리쿠르의 몸 위에서 울리는 마기 씨의 목소리. 그리고 리쿠르에게서 뛰어내려 마기 씨가 정면에 섰다.

"윤 군, 괜찮아?"

"아, 예……. 그렇긴 해도 리쿠르, 커졌구나."

그렇게 조그맣고 귀여웠는데 이렇게 자라서……라고 생각하면서 변함없는 털을 만지작거렸다.

"아, 윤 언니 너무해! 나도 은색 털 만질래!"

뮤우가 리쿠르의 몸에 전력으로 안겨들었지만, 성장한 리쿠르는 그 정도 충격에 끄떡도 하지 않고 얼굴을 비벼대는 뮤우를 받아주었다.

사람을 잘 따르는 리쿠르도 마찬가지로 얼굴을 비볐지만, 체격 차이 때문에 오히려 뮤우가 밀려나는 꼴이 되었다. 다리에 힘을 넣어 버티면서 계속 얼굴을 비비는 뮤우.

나는 그런 뮤우의 모습을 곁눈으로 보면서 마기 씨의 이야기를 들었다.

"나는 한 발 먼저 클로드가 만든 안장의 사용감을 확인하고 있었어."

그렇게 말하며 리쿠르의 등에 얹힌 안장을 가리켰다. 리쿠르의 푸르스름한 은색 털에 맞춰서 하얀 가죽으로 만들어진 안장이나 목줄에 매인 고삐를 확인했다.

"리쿠르, 어땠어? 괴롭지 않았어?"

마기 씨는 목줄이나 고삐, 안장을 점검하면서 리쿠르를 쓰다듬으며 반응을 확인했지만, 딱히 싫어하는 기색은 보이지 않았다.

거기에 쿠츠시타를 어깨에 올린 클로드가 다가왔다.

"어떠냐, 마기? 안장 사용감은?"

"으음, 그래. 리쿠르의 주행은 힘이 있으면서 방향전환도 자유로우니까, 삼림처럼 장해물이 있는 장소라도 문제없이 탈 수 있는데, 그만큼 속도는 안 나와. 물론 장해물이 없는 직선이라면 아까 정도 속도로 달리지만."

마기 씨의 분석을 들으면서 클로드도 고개를 끄덕였다.

"그럼 다음은 윤 차례로군. 이건 뤼이의 장비다."

그렇게 말하며 클로드는 내게 뤼이의 장비를 건네주었다.

"고마워, 클로드. 그럼 갈까, 뤼이. ——[성수화]."

나는 EX 스킬 [성수화]를 써서 새끼 상태로 있던 뤼이를 원래대로 되돌렸다.

내 옆을 걷던 뤼이가 순식간에 멋진 유니콘의 모습으로 변했기에 주위에서 술렁거림이 일었다.

평소라면 여기서 뮤우가 돌격해 왔겠지만, 이때만큼은 분위기를 읽고 얌전히 뤼이를 관찰하였다.

나는 뤼이에게 클로드가 만든 장비를 입혀주었다.

"뤼이. 괴롭거나 답답한 데는 없어?"

안장을 얹고 고삐를 머리에 씌워서 걸리지 않는지 확인했다. 그것만으로도 꽤나 그럴싸해진 듯했다.

그리고 뤼이가 전력을 낼 수 있도록 내 동복의 후드에 들어가 있던 자쿠로를 마기 씨에게 맡겼다.

"그럼 뤼이의 능력을 모두에게 보여줘."

"그렇게 말해도 말이지."

타쿠는 그렇게 말했지만, 뭘 하면 좋을지 모르겠다. 그렇게 고민하는 사이에 뤼이가 앞다리를 굽혀서 내 앞에 앉았다. 이건 타라는 소릴까.

시키는 대로 뤼이의 위에 올라탔다.

전에는 서둘렀기 때문에 연습도 없이 직접 뤼이의 등에 탔지만, 이번에는 안장과 등자, 그리고 고삐가 있기 때문에 안정감과 안심감이 전혀 다르고, 이제부터 달린다는 기대에 긴장했다.

나를 태운 채로 일어선 뤼이는 모두의 앞을 느릿한 속도로 걷기 시작했다.

처음에는 산들바람을 느낄 정도였던 속도를 서서히 올려서, 이번에는 나 자신이 바람이 된 듯한 속도로 이동하는 걸 깨달았다.

사람이 말에 매료되는 이유 중 하나를 체감하는 걸지도 모른다.

"왠지 엄청난 특수능력을 볼 수 있을 거라고 기대했는데, 윤 녀석이 정말 즐거워 보여서 뭐라고 못 하겠네."

"이거 한동안 윤의 마음대로 달리게 하는 편이 좋을지도. 여기서 얌전히 지켜볼까."

멀리서 타쿠와 세이 누나가 뭐라고 말하지만, 귓가를 지나가는 바람 때문에 그 내용은 잘 들리지 않았다. 또 뮤우가 엄청 부러운 눈으로 이쪽을 보는 것을 깨달았지만 무시하고 속도를 더 올렸다.

"그럼 뤼이. 슬슬 네 힘을 보여줄까?"

스피드를 탄 뤼이의 목덜미를 쓰다듬면서 중얼거리자 내 MP를 급격하게 소모하면서 그 현상이 시작되었다.

마을 안을 질주할 때는 사태를 파악하느라 급급해서 확인할 수 없었지만, 지금 뤼이나 내 손발 끝이 다소 투명하게 보였다. 하지만 그렇게 보이는 것은 나뿐이고 주위 캐릭터들은 나와 뤼이를 놓친 것처럼 주위를 둘러보았다.

나는 장난으로 뤼이의 속도를 늦추고 조용히 갤러리들의 뒤로 돌아가서 그 상태를 해제했다.

"여어, 어디 보고 있어?"

"?! 윤! 어디로 없어졌던 거야!!"

"없어지다니 계속 저기를 달렸는데. 뭐, 뮤우라면 알겠지?"

"그 실패는 잊을 수 없어. 뤼이의 [환술] 효과야."

뮤우도 인식할 수 없는 레벨의 환술——투명화. 뮤우도 새끼 상태였을 때, 껴안으려다가 투명화로 인해 실패한 적이 있어서 잘 기억할 것이다.

그런고로 지금 시점에서 내가 확인한 뤼이의 능력은 물과 정화의 마법, 그리고 지금 보여준 기승자도 포함한 환술 ——아니, 은폐와 회피를 양립한 투명화다.

"알게 된 건 이 정도일까? 단순히 새끼 상태 뤼이의 강화판이란 느낌."

"뤼이 최고! 나한테로 와!"

내가 뤼이에게서 내리자, 교대하듯이 뮤우가 성장한 뤼이의 목덜미를 껴안으려고 했기에 뤼이는 반사적으로 투명화해서 모습을 숨겼다.

그리고 곧바로 그걸 해제하면 바로 뮤우가 덤벼들기에, 이번에는 전력으로 평원을 달려갔고 뮤우가 그 뒤를 쫓았다.

"뮤우, 너무 뤼이를 귀찮게 하지 마!"

"응! 알았어!"

그렇게 말하면서도 슬금슬금 뤼이와의 거리를 좁히려는 뮤우. 하지만 경계한 뤼이는 콧김 가쁘게 뮤우에게서 거리를 벌리려고 후퇴했다.

뮤우가 한 걸음 다가갔을 때 뤼이는 반사적으로 뮤우에게 등을 돌려서 달려갔고, 또 그걸 추적하는 뮤우.

그리고 뮤우와 뤼이는 멀리까지 뛰어갔지만, 좀 있으면 돌아오겠지 싶어서 나는 얌전히 지켜보기로 했다.

그런 내게 타쿠와 미카즈치가 다가왔다.

"그렇군. 윤에게 몇 가지 질문을 하고 싶은데 괜찮을까?"

"뭔데? 대답할 수 있는 거라면 대답하겠는데."

타쿠의 말에 그렇게 대답하자, 타쿠가 대표로 질문하였다.

"기승 상태로 활 같은 걸로 공격할 수 있어? 또 투명화는 어느 정도 유지할 수 있어?"

"지금은 아직 모르겠어. 활은 익숙해지면 쏠 수 있을지도 모르지만 연습하지 않으면……. 투명화는 장시간은 어려워. 계속 내 MP를 소비하니까."

"그럼 뤼이 단독 전투력은?"

"스켈레톤 집단에게 돌격해서 간단히 쫓아버렸어."

"마지막으로 하나. 투명화한 채로 공격할 수 있어?"

뮤우에게 쫓기던 뤼이는 투명화를 사용하여 뮤우의 눈에서 도망쳐서 이쪽으로 돌아왔다.

"다음에야말로 꼭 등에 타고 말 거니까!"

멀리서 소리치는 뮤우의 말에 쓴웃음을 지었다.

한편, 내가 뮤우를 막지 않았던 것에 다소 기분이 상한 뤼이.

그런 뤼이의 몸을 쓰다듬으면서 부탁했다.

"뤼이. 다시 한 번 날 태워줄 수 없을까?"

내 말에 어쩔 수 없다는 듯히 한숨을 흘리고 뤼이가 나를 다시금 태워주었다.

"그럼 아가씨가 활을 쏠 표적은 어떻게 하지?"

미카즈치가 내게 그렇게 물었지만, '그러니까 아가씨라고 부르지 마'라고 평소에 하던 말을 하기 전에 세이 누나가 제안했다.

"그건 우리가 준비할게. 뮤우, 디코이 준비할 수 있어?"

"물론, 이야! ——〈서몬 라이트 서번트〉!"

"나도——〈서몬 아쿠아 서번트〉!"

뮤우와 세이 누나가 외운 마법은 눈앞에 마법진을 만들고, 거기서 빛과 물의 몹을 불러냈다.

뮤우가 불러낸 것은 빛의 정팔면체 결정 같은 몹이고, 세이 누나가 불러낸 것은 물로 된 뱀 같은 몹이었다. 양쪽 다소형 몹 정도 크기였다.

"그거 뭐야! 꽤 멋진데!"

"흐흥! 이건 빛과 물 계통의 마법에 있는 몹 소환 스킬이
아. 대단하지?"

"그렇긴 해도 소환 숫자에 제한이 있고, 소환한 몹의 스테
이터스는 일반 플레이어의 절반 이하니까. 미끼나 벽, 공격
의 표적으로는 딱 좋아."

"세이 언니, 모처럼 멋지게 말하는데 그렇게 빨리 밝혀버
리지 마. ──뭐, 됐어. 자, 얘들아, 적당히 도망쳐서 윤 언
니랑 뤼이의 실력을 밝혀내!"

뮤우와 세이 누나는 추가로 몹을 두 마리씩 소환하고 서
쪽 평원으로 보냈다.

지상보다 살짝 위에 떠 있는 총 여섯 개의 팔면체 결정과
물뱀은 나름 빠르게 이동하고 도중에 뿔뿔이 흩어졌다.

"자, 시작하자. 뤼이!"

나는 뤼이의 등에 타서 고삐를 잡았다. 그렇긴 해도 내가
뤼이를 다룬다기보다는 뤼이가 내 마음을 파악하여 움직인
다는 느낌이다.

흔들리는 뤼이의 등에서 활을 들고 등자를 확실히 밟으며
다리로 안장을 낀다는 느낌으로 하반신을 안정시켰다.

익숙치 않은 자세에서 도망치는 물뱀 한 마리를 조준하여
화살을 날렸지만, 조준은 빗나가서 화살은 지면에 꽂혔다.

"──아아, 아깝다!"

뒤에서 뮤우의 말이 들렸다.

그와 동시에 화살이 맞지 않았던 물뱀이 반격으로 작은 마법 물구슬의 탄막을 날렸다.

"——뤼이!"

내 말에 응하여 뤼이가 몸을 투명하게 만들어 물뱀의 물구슬 탄막을 통과시켰다. 뤼이의 환술이 디코이들의 공격을 무력화할 수 있다는 것을 확인하고, 이쪽을 놓친 디코이들이 움직임을 멈춘 순간을 노려서 나는 다시금 시위를 당겼다.

이번에는 빛의 결정체의 중심에 빨려들 듯이 꿰뚫어서 한 마리를 격파했다. 하지만 공격한 순간 뤼이의 투명화가 강제로 해제되어서, 뤼이는 다른 디코이들의 공격을 뛰어서 피했다.

그 뒤에 곧바로 투명화할 수 없어서 달리는 것으로 디코이들의 반격을 피했다.

뤼이의 투명화에도 플레이어와 마찬가지로 대기시간이 설정되었음을 확인할 수 있었다.

또, 두 번째 투명화 도중에 소비 MP를 회복하는 포션을 썼을 때 다시금 투명화가 해제된 것도 확인했다.

이걸로 공격과 아이템 사용으로 뤼이의 투명화가 강제 해제된다고 확인되었다.

"자, 슬슬 끝낼까! 〈인첸트〉——어택, 인텔리전스!"

소환몹 하나를 해치웠지만, 아직 빛의 결정체가 둘, 물뱀이 셋 남아 있다.

나는 스스로에게 인챈트를 걸고 뤼이의 등에서 어떤 활의 아츠를 선택하여 소환몹들에게 날렸다.

"——〈마궁기 — 환영의 화살〉!"

붉은 꼬리를 끄는 화살은 물뱀을 향해 똑바로 날아가다가 도중에 그 화살촉에서 뻗어나온 붉은 꼬리가 넷으로 갈라지고, 다섯 개의 마법의 화살이 각각의 소환몹을 노렸다.

이중 인챈트로 스테이터스가 올라갔기에 평소보다 위력이 올라간 마법의 화살은 뮤우와 세이 누나가 불러낸 소환몹을 차례로 꿰뚫었다.

모든 소환몹이 빛의 입자로 변했을 때 나는 자세를 풀고 뤼이의 고삐를 왼손으로 고쳐들며 속도를 늦추었다.

"이 정도일까? 뤼이, 수고했어."

나는 비어 있는 오른손으로 뤼이의 갈기를 쓰다듬으면서 관전하던 지인들에게로 돌아갔다.

이걸로 뤼이의 피로회는 일단 끝일까.

"윤 군, 수고했어. 자, 맡았던 자쿠로를 돌려줄게."

"마기 씨, 고맙습니다."

자쿠로는 마기 씨의 품 안에서 얌전히 있었지만, 내가 가자 곧바로 평소의 정위치인 후드 안으로 들어왔다.

"아주 얌전했어. 전에는 인간불신 같았는데, 내가 지인이라는 걸 알아서 그럴까? 전보다 마음을 열어준 거 아냐?"

"그렇군요. 그럴지도 모르겠네요."

나와 마기 씨가 대화하는 옆에서 뤼이가 멋대로 [유수화] EX 스킬을 발동하여 새끼로 돌아갔다.

　그러자 장비했던 안장은 사라지고, 평소처럼 아무것도 하지 않은 새끼 상태의 뤼이가 되었다.

　"어라? 뤼이의 장비가……."

　"안심해라. 딱히 사라진 건 아냐. 성수화하면 또 자동적으로 장비된다."

　마기 씨의 뒤에서 나타난 클로드가 설명해주었기에 나는 뤼이를 불러들여서 다시금 [성수화] EX 스킬을 썼다.

　"──[성수화]! 오오! 정말로 장비한 상태네."

　내가 작은 감동을 품는 한편, 모처럼 새끼로 돌아갔는데 또 성장하게 된 뤼이는 다시금 새끼로 돌아가 내게 가볍게 박치기를 했다.

　"아하하하, 뤼이, 미안, 미안."

　목덜미를 쓰다듬어 진정시키자, 뤼이가 훅 숨을 부는 바람에 쓴웃음을 흘렸다.

　내가 마기 씨와 이야기하는 한편, 타쿠와 미카즈치 쪽은 이쪽을 보면서 뭔가 이야기하였다.

　"지금 윤은 소유 센스의 방향성이 엉망이라서 꽤나 카오스인데도, 어중간하지 않도록 어떻게든 잘 되어가고 있는 게 대단해."

　"그래. 아가씨의 센스 구성이나 장비의 추가효과 등을 잘 조정하면 톱 플레이어가 될 가능성이 있어. 지금은 죄다 절묘하게 언밸런스하기 때문에 실력을 발휘할 수 없는 거겠지."

진지한 얼굴로 머리를 맞대는 타쿠와 미카즈치에게 다가
가며 내가 물었다.

"나랑 뤼이의 움직임은 어땠어?"

"음, 대단했어."

간소하지만 미카즈치의 그 대답을 듣고 나는 조금 기뻐져
서 뤼이를 자랑했다.

"그렇지. 뤼이는 대단해! 내가 가고 싶은 방향을 감지해
서 움직여주고, [조교] 센스의 도움이 있으니까 기승도 문
제없어."

"왠지 아가씨가 아주 눈부신데. 우리는 아가씨에게 정화
되겠어."

"뭐, 효율이나 실리보다 취미로 가는 윤이니까 성립되는
플레이 스타일일지도 모르지."

미간을 손가락으로 누르며 하늘을 우러러보는 미카즈치
와 쓴웃음을 짓는 타쿠.

내가 두 사람의 말에 고개를 갸웃거리자, 두 사람은 아무
것도 아니라고 말했다.

그리고——

"어이, 나한테 안 올래?"

"뭐?!"

스윽 내게 얼굴을 들이대며 그렇게 말하는 미카즈치 때문
에 이상한 소리가 나왔다.

얼굴이 가깝고, 여자인데 무슨 남자 같은 소리를 하는 걸까.

갑작스러운 미카즈치의 언동을 보고 뮤우가 끼어들었다.

"잠깐 기다려! 언니한테 사랑 고백하는 건 법규 위반이야!"

"사, 사랑 고백?!"

"크크큭……."

내가 당황하여 소리치는 한편, 타쿠는 재미있다는 듯이 소리 내어 웃었다. 그 외에도 여기에 모인 지인들이 무슨 일인가 싶어서 이쪽으로 시선을 보냈다.

그것만으로도 창피해서 얼굴에서 불이 날 것 같은데, 미카즈치는 뮤우가 한 말에 고개를 갸웃거리며 부정했다.

"아, 그게 아냐. 윤 아가씨의 특기를 최대한으로 끌어내기 위해서 내게 아가씨의 신병을 맡기지 않겠냐는 소리야."

"아, 그런 거구나. 하지만 윤 언니는 못 줘!"

뮤우가 납득한 듯이 말하면서도 크게 거부 선언을 하자 이번에는 다른 의미로 창피해져서 내 얼굴이 뜨거워졌다.

"그건 아가씨를 걸고 승부하자는 소리인가. 좋아. 자, 해보실까."

갑자기 PVP를 시작하는 뮤우와 미카즈치.

나를 빼놓고 내 쟁탈전을 멋대로 시작하지 말라고 생각하면서 뮤우와 미카즈치에게서 떨어져서 타쿠 옆으로 가자, 타쿠의 입에서 나와 뤼이에 대한 객관적인 평가가 나왔다.

"뭐, 윤의 공격을 보면 모험의 파티에 넣고 싶다고 생각할

만큼, 생산직으로 놔두는 건 아깝지."

"아까워?"

"뤼이의 고레벨의 은폐 능력과 기승을 통한 고속이동 수단, 또 윤 자신의 [활] 계열 센스를 이용한 원거리 공격. 플레이 스타일로서 일단 성립되긴 했지만, 공격력이 조금 부족하단 말이야. 그러니까 그걸 조금 손보고 싶다는 미카즈치의 마음은 이해가 돼."

그건 뤼이의 능력은 높고 대단하지만, 그 장점을 내가 죽인다는 소린가.

"뤼이, 미안. 널 타는 게 어중간한 활잡이인 나라서. 지금 나로선 네 능력을 제대로 발휘할 수 없는 모양이야."

타쿠나 다른 사람들이 일러준 사실에 낙담하는 나에게 뤼이는 신경 쓰지 말라는 듯이 목덜미를 비볐다.

"아니, 윤도 예전보다 꽤 좋아졌어. 다만……."

타쿠가 날 변호하듯이 말했지만, 도중에 말을 흐렸다.

"다만…… 뭔데?"

"윤은 약한 적에게는 꽤나 세. 전투법을 잘만 짜면 스무 명…… 아니, 쉰 명 중 한 명 꼴로 압도할 수 있지 않을까?"

"그거 칭찬인지 야유인지 판단하기 그런데……."

내 말을 들은 세이 누나가 다가와서 내 어깨를 가볍게 톡 두드리며 신경 쓰지 말라며 쓴웃음을 지었다. 그러더니 뮤우와 미카즈치의 PVP에 난입해서 억지로 두 사람을 막았다.

허를 찔러서 순식간에 뮤우와 미카즈치를 무력화시킨 그

움직임에 주위에서 감탄사가 새어 나왔다.

"뮤우는 소란 피우지 마. 그리고 미카즈치도."

"예~. 죄송합니다~."

"미안, 미안. 조금 재미있을 것 같아서. 용서해줘."

PVP를 멈추고 미카즈치가 다시금 나를 말해 물었다.

"그래서 어쩔 거지? 나한테 아가씨의 신병을 맡겨보지 않겠어?"

"느긋하게 하고 싶으니까 싫어."

딱 잘라 거절하자 미카즈치는 어깨를 으쓱였다.

"그거 아쉽군. 그럼 다음에 길드 [팔백만]에서 송년회 겸 크리스마스파티를 열 예정인데, 그쪽은 어때?"

여러 지인이 모이는 자리라는 말에 나는 조금 생각한 뒤 승낙했다.

"그쪽은 알았어. 하지만 이번에 [아트리엘]에서 만든 케이크를 가져갈 건데 괜찮아?"

겨울 퀘스트 이벤트가 시작되기 얼마 전에 연습 삼아 만든 대량의 딸기 케이크나 과일 롤케이크가 남았다. 그걸 제공하면 좋겠다고 생각한 나에게 미카즈치도 승낙해주었다.

그 뒤에 마기 씨와 리쿠르의 피로회도 있었고, 얼음 마법과 이빨이나 발톱이 강화된 리쿠르는 희미하게 눈이 쌓인 평원에서 아름다운 모습을 보였다.

많은 플레이어가 그 아름다움에 감탄사를 흘리고, 또 그 강한 공격에 감탄하며 동영상이나 스크린샷으로 담았다.

나중에 그것들을 몇 장 받자고 나는 남몰래 결심했다.

그 뒤에 이때의 피로회 모습이 동영상으로 투고되어서 직접 [아트리엘]에 뤼이를 구경하러 오는 사람은 별로 안 되었지만, 그 동영상이 동물을 좋아하는 사람들 사이에서 인기를 얻었다는 것을 알게 된 건 얼마 뒤의 일이었다.

2장   경호 퀘스트와 사교계

나의 뤼이와 마기 씨의 리쿠르의 피로회를 한 다음 날, 나는 약가게 할머니에게 가서 레시피책 [중급 약사 기술서]를 구입하고 [언어학] 센스를 써서 레시피를 해독하며 보냈다.

레시피 해독에 하루를 들인 나는 [아트리엘]의 공방에 틀어박혀서 소재를 모으고 약가게 할머니네 보드에 붙어 있던 납품 퀘스트 중 하나 [내성 부여 포션 네 종류(30세트) 납품]을 준비하였다.

"어어…… . 분명히 [고혹의 항독약]의 소재는 해독초, 해매초, 약초, 증류수. 시유 열매, 그리고——"

내성 부여 포션 네 종류란 [고혹의 항독약], [대격의 예방약], [소암의 저항약], [격정의 진정약]으로, 지금 레시피책을 보면서 소재를 모으는 [고혹의 항독약]의 효과는 상태이상 내성 센스와 마찬가지로 [매료]와 [독]의 상태이상을 줄이든가 무효화해준다.

또한 그 레시피에 따르면 보통 상태이상 회복약을 만드는 데에 필요한 소재에 추가로 시유 열매라는 식재료 아이템이 필요하다.

시유 열매는 제1마을 북쪽에서 채취할 수 있는, 매실과 비슷한 과일 아이템이다.

먹으면 만복도가 회복되는 동시에 약하게나마 일시적으

로 [독]과 [매료] 상태이상에 대한 내성을 얻을 수 있다.

또 비슷한 종류의 과일로 마비와 기절 내성을 얻을 수 있는 [투우 열매], 혼란과 분노 내성을 얻을 수 있는 [한산포도], 수면과 저주 내성을 얻을 수 있는 [산악 사과]가 있다.

"다른 내성 부여 포션 레시피도 해독되었으니까 만들기 시작해볼까. 하지만 과일 아이템 재고가 많이 줄었네."

과일은 과자나 요리에 쓰는 식재료 아이템이고, 그대로 먹을 수도 있기에 소비량이 많다.

게다가 포션의 재료로도 쓰게 된다면 남은 재고가 불안하다.

뭐, 과일 1개의 과즙으로 내성 부여 포션을 여러 개 만들 수 있지만, 역시 재고가 넉넉하게 있으면 좋겠다.

"이벤트가 끝나거든 과일나무 묘목을 본격적으로 찾아야겠어. 자, 일단 [고혹의 항독약]을 만들 건데 어떤 순서로 할까."

일단 레시피책에 나온 대로 포션을 하나 만들기로 했다.

해독초와 해매초, 약초를 같은 비율로 넣고 막대사발로 갈았다. 거기에 증류수를 붓고 냄비에 옮겨서 가열, 약효 성분을 우려냈다.

그때 온도 관리에 주의할 필요가 있는데, 여태까지의 수순이라면 보통 해독 포션과 같다. 다만 해독초와 해매초를 섞었을 경우에는 한쪽의 효과가 사라질 터였다.

이번 경우, 완성된 액체를 포션병에 옮겨 담고 보니 저품질의 해독 포션으로 취급되었다.

이것은 해독초만이 아니라 해매초의 성분도 포함하였기 때문에 효과가 떨어진 것이다.

그리고 그렇게 나온 액체에 씨앗을 빼낸 과육에서 짜낸 시유 열매의 과즙을 넣고 잘 섞었는데, 이렇게 나온 혼합액의 표기는 여전히 해독 포션이었다.

"왠지 느낌이 그러네. 조금 마셔볼까."

완성된 혼합액에 새끼손가락을 담그고 살짝 핥아서 맛을 확인했다.

"으음, 묽은 매실 주스? 조금 단가?"

포션이란 걸 무시하면 그냥 평범하게 맛있는데? 그렇게 고개를 갸웃거리면서 완성된 액체를 포션병에 채우고 마지막 마무리 작업에 들어갔다.

"후우——[마력부여]!"

손바닥에서 포션병으로 푸르스름한 빛이 옮아가서 포션에 빨려들었다.

포션의 색깔이 변하고 해독 포션의 녹색과 매료 해제 포션의 연분홍색의 두 가지 색으로 나뉘나 싶더니, 차례로 섞여서 시유 열매의 색깔에 가까운 연황록색의 포션이 완성되었다.

고혹의 항독약 [소모품]
내성 [독1, 매료1 (25분)]

처음으로 내성 부여 포션이 완성되었지만, 아직 개량할 수 있을 것 같았다.

"이미 완성한 포션끼리라면 어떨까?"

나는 완성품 해독 포션과 매료 해제 포션을 1대1의 비율로 섞고서 거기에 시유 열매 과즙을 추가로 넣고 [마력부여]를 해보았지만, 그렇게 나온 것은 품질 나쁜 내성 부여 포션이었다.

"완성품끼리 섞으면 품질이 떨어지나. 이유를 생각하자면 약초 비율이 많기 때문이겠지. 그렇다면……."

이번에는 사용한 회복 약초 아이템을 약령초로, 증류수를 생명의 물로 바꾸어서 조합해보았다.

거기에 온도 관리나 소재를 넣는 타이밍 등의 패턴을 바꾸며 조합한 결과, 상위 소재를 사용하면 효과가 높아지긴 하지만 소재 배합 밸런스에 따라 효과 정도가 다소 변한다는 것을 알았다.

예를 들어서 해독초 1개와 해매초 1개를 더한 경우——

고혹의 항독약 [소모품]
내성 [독1, 매료2 (25분)]

——라는 식으로 된다.

또 혼합액을 가열하는 온도나 시간에 따라 효과시간이 변하고, 그에 반비례하는 형태로 독 내성도 어느 단계에서 효과가 변동한다.

"으음, 이거 함부로 건드리면 오히려 다루기 까다로워지는데. 평소에는 기본 레시피대로 만들면서 사용하는 소재를 상위 소재로 해야겠어."

나는 그렇게 결론을 내리고 다시금 납품을 위한 [고혹의 항독약]을 만들기 시작했다.

그렇게 만들어진 포션의 효과는——

고혹의 항독약 [소모품]
내성 [독2, 매료2 (35분)]

그 외에도 [연금]이나 [합성] 센스를 사용하여 전혀 다른 소재로도 만들 수 있지 않을까 시험할려 했지만, 일단 이 품질의 [고혹의 항독약]을 30개 완성시킨다.

같은 수순으로 다른 세 종류의 내성 부여 포션도 30개씩 만들고, 죄다 [마력부여] 스킬을 걸어서 완성하였다.

"좋아. 이 아이템 납품으로 퀘스트칩 10개. 그 다음은 가게 재고에서 옐로우포션과 도깨비의 묘약환, 성산의 마법수를 각각 15개씩 납품하면 합계 13개인가."

내가 현재 소유한 퀘스트칩이 32개니까, 그걸 죄다 납품하면 총 45개가 되어 목표인 50개에 크게 접근한다.

"그래도 약가게 할머니네의 남은 퀘스트로 받는 칩을 죄다 합치면 아슬아슬하게 50개를 넘기나."

나는 [아트리엘]을 정리하고 아이템을 납품하러 약가게로 향했다.

가게를 나서서 걷는 마을 풍경은 이벤트 첫날과 비교해서 어딘가 분위기가 밝은 듯했다.

확실한 차이는 모르겠지만, 하늘하늘 눈이 내리는 마을에 있는 NPC의 얼굴도 기분 탓인지 씩씩하게 보였다.

겨울 퀘스트 이벤트는 마을이 품은 문제를 퀘스트라는 형태로 해결하는 게 목적이다.

이벤트 기간 중 절반이 지나고 현재도 플레이어의 손으로 마을 NPC의 문제가 개선되는 탓일지도 모른다.

그렇게 생각하면서 마을 곳곳에 설치된 퀘스트보드에 들러서 심부름 퀘스트가 없는지 찾아보았다.

그러자 어느 퀘스트보드도 OSO 개발부의 공지가 붙어 있었다.

[현재 이벤트의 전체 퀘스트 소화율——56%
이벤트 종반에 특수 몹의 해방과 그 토벌 퀘스트가 발생합니다.
특수 몹의 능력은 퀘스트 소화율에 따라 변동하고, 그 시점에서의 소화율이 높을수록 스테이터스나 능력이 내려갑니다.
특수 몹의 토벌이 달성되었을 경우, 추가 보수는 모든 플레이어에게 균등하게 배포됩니다.
자세한 내용은 후일 추가할 예정입니다.
——OSO 개발부에서]

그런 간결한 내용으로, 내가 보는 동안에도 눈앞에서 퀘스트 소화율의 수치가 바뀌어 57퍼센트가 되었다.

"퀘스트가 제법 진행되었구나. 나도 힘내야지."

나는 퀘스트칩 목표가 그렇게 높지 않으니까, 효율이 나빠서 경원당하는 경향인 심부름 퀘스트 중에서 미달성 퀘스트를 몇 개 찍어서 받고 약가게로 향했다.

내가 저녁 무렵의 어둑어둑한 약가게에 들어가자, 주인 할머니가 아닌 젊은 여자 NPC가 가게를 보고 있었다.

"어서 오세요."

"어, 어라? 가게는 여기 맞는데? 할머니는……."

"저희 할머니는 안쪽 공방에 계세요. 저녁 시간에는 항상 제가 가게를 보지요."

눈이 동글동글하니 귀여운 여자의 설명을 듣고 나는 납득했다. 그렇긴 해도 매부리코에 전형적인 마녀 같은 외모의 할머니와 닮은 데가 전혀 없었다.

내가 잠시 동안 멍하니 있자, 안쪽 공방에서 할머니가 흔들림 없는 발걸음으로 나왔다.

"뭐 하러 왔냐. 오늘은 무슨 일이야? 아이템을 납품하러 왔냐? 아니면 소재를 사러 왔냐?"

"어, 저기……. 퀘스트 아이템의 납품 부탁해."

"그러냐. 그럼 얼른 꺼내봐라."

무뚝뚝하게 말하는 할머니의 모습에 평소와 같다고 안심하면서 납품 퀘스트에서 지정된 포션을 카운터에 늘어놓았다.

가게를 보던 할머니의 손녀가 그 포션을 확인하는 모습을 나와 할머니가 바라보았다.

"참한 애지? 이 아이는 내 뒤를 이으려고 애쓰고 있다. 귀엽고, 눈치도 빠르고, 바지런하고, 나를 닮아서 미인이 될 게야."

"귀엽고 바지런한 건 동의하는데…… 할머니를 닮았나?"

그렇게 말하며 나는 할머니와 소녀를 교대로 바라보았다.

"그 눈은 뭐냐. 머리칼과 눈동자 색깔이 비슷하잖느냐. 게다가 젊었을 적의 나랑 똑같구먼."

"똑같나……."

분명히 머리칼과 눈동자 색깔은 똑같아 보인다. 그리고 할머니의 말처럼 할머니 젊었을 적과 똑같다면 저렇게 부드러워 보이는 소녀가 이렇게 삐딱한 할머니가 되는 건가. 그 생각에 나는 시간의 잔혹함을 느꼈다.

"예. 전부 품질에 문제없습니다. 납품 확인했습니다."

"너도 우수해서 손이 많이 안 가는군. 가르치는 재미가 없어."

"그건 다른 마법약 레시피 때 부탁합니다."

아직 손대지 않은 마법약 레시피의 지도를 부탁하면서 할머니의 손녀딸에게서 보수인 퀘스트칩 13개를 받고 가게를 나서니, 밖은 이미 어두컴컴했다.

나는 [아트리엘]로 돌아가는 도중에 기묘한 광경을 보았다. 어느 뒷골목에서 플레이어들의 행렬이 길게 이어져서 약가게가 있는 길까지 계속되었다.

"뭐지, 이 행렬……?"

내가 행렬 끝을 확인하기 위해 골목 안쪽을 들여다보자, 그 끝에는 화려한 저택이 서 있었다.

빨간 벽돌담과 쇠창살로 된 문을 가진 저택 앞에는 플레이어들이 파티별로 모여서 착착 줄을 만들고 있었다.

쓰윽 본 것만으로도 쉰 명은 넘지 않을까. 또 조금 떨어진 장소에서도 임시 파티 멤버를 모으고 있었다.

그러한 행렬 끝에는 집사복 차림의 초로의 남자 NPC가 있었고, 젊은 집사가 그들을 저택으로 안내하고 있었다.

"이건…… 퀘스트겠지."

조금 떨어진 장소에서 임시 파티를 모집하는 플레이어에게 다가가서 일단 퀘스트 내용을 들어보았다.

"게시판에 나붙지 않은 숨겨진 퀘스트 [파티의 잠입 호위]를 위한 임시 파티 멤버를 모집하고 있습니다! 요인 경호 퀘스트입니다. 이 저택의 파티를 습격하러 오는 적 NPC에게서 요인을 지켜내는 게 퀘스트 달성 목표입니다. 잠입이기에 장비 제한이 있어서 방어구는 방어력이 낮은 파티 의상으로 강제 변경되고, 쓸 수 있는 무기도 딱 하나뿐, 제한이 심한 퀘스트입니다."

그 외에도 이 퀘스트는 체인 퀘스트의 시작점이라서, 그 뒤로 미달성 퀘스트가 계속된다고 말했다.

"마지막으로 퀘스트 달성시의 보수로는 참가자 한 명당

10만 G와 퀘스트칩 5개입니다! 우리랑 파티를 짜고 싶은 사람이 있거든 이쪽으로 와주세요!"

임시 파티 멤버 모집의 설명을 들은 나는 이런 퀘스트도 있구나 싶어서 다시금 저택 쪽을 보았다.

높다란 담장으로 둘러싸인 저택 부지 안에서는 희미하게 밝은 빛이 새어 나오고, 즐거운 느낌의 클래식 연주가 흘러나왔다.

아까 설명을 들어보기론 혼자서 달성하는 건 도저히 무리인 퀘스트고, 애초에 요인 경호 같은 건 해본 적이 없으니까 임시 파티를 짠다고 해도 내가 어떻게 할 수 없겠지.

뭐, 나랑은 관계없다. 그렇게 생각하고 그 자리를 뜨려던 때에——

"아! [보모]다!"

"음?"

마음에 안 드는 별명에 눈썹을 찌푸리며 돌아보자, 한 남성 플레이어가 웃으며 다가왔다. 나는 모르는 상대인데, 저쪽이 일방적으로 아는 거겠지.

내가 그 자리에 발을 멈추자 곧바로 거리가 좁혀졌다.

"혹시 지금 혼자? 그럼 나랑 임시 파티 짜서 이 퀘스트 안 받을래? 퀘스트 설명을 열심히 들은 걸 보면 흥미는 있는 거잖아?"

"아니…… 나는 그저 흥미 삼아서 들었을 뿐이지——"

플레이어의 억지스러운 권유에 질려서 거절하려고 했지

만, 다른 플레이어가 거기에 끼어들었다.

"잠깐만! 너 마법사잖아! [보모]와는 장비 조합이 안 좋아. 그러니까 여기선 나랑……."

"아니, 그러니까…… 저기…… "귀여운 여자애를 땀내 나는 파티에 넣을 순 없어!"──내 이야기를 좀……."

도중에 끼어든 건 두 명의 여성 플레이어였다.

순식간에 임시 파티의 동료를 모집하는 네 명의 남녀가 내 주위에 모여서 요란스럽게 떠드는 바람에 주위의 주목을 모았다.

눈앞의 네 명은 남녀가 둘씩이고 장비를 봐도 조합이 나쁘지 않을 듯하니까 그냥 너희 넷이서 파티를 짜! 하고 싶어졌다.

하지만 그 네 명의 남녀는 전원 나를 노리는 눈을 하고 있고, 나는 그 압력에 뒷걸음질 쳤다.

그때 우연히도 도움의 손길이 있었다.

●

"어차, 미안. 윤은 우리랑 선약했거든."

낯익은 목소리가 뒤에서 들리고 두 어깨에 가볍게 손이 얹혔다.

내가 고개만 돌려보니, 거기에는 소꿉친구 타쿠가 있었다.

'타쿠, 얼굴 가까워. 귀 옆에서 말하지 마!'

내심 불평을 하면서도 타쿠의 말에 맞춰서 이 자리에서
빠져나가기 위해 나는 고개를 끄덕였다.

"그럼 윤을 데려가지."

심술궂은 미소를 네 플레이어에게 보이면서 타쿠가 내 손
을 끌고 이 자리에서 데려갔다.

그대로 조금 떨어진 장소까지 이동하자, 타쿠의 파티 멤
버들이 기다리고 있었다.

OSO에서는 보기 드문 맨손 격투가 플레이어인 간츠, 무
뚝뚝한 회색 갑옷에 방패를 든 전사 케이, 성직자풍의 옷을
입은 미닛츠, 뾰족모자에 둥근 안경을 낀 마녀 마미 씨, 네
명 전원이 모여 있었다.

"간츠, 기다리게 해서 미안. 윤이 또 귀찮은 일에 휘말렸
더라고."

"타쿠, 윤을 무사히 데리고 왔구나."

"남을 트러블메이커처럼 말하지 마. 나 참……."

나는 지친 듯이 한숨을 내쉬면서 항의했다.

"그보다도 왜 너희가 여기에 있어?"

"그야 야간 한정인 여기의 히든 퀘스트를 받으러 왔지. 보
수도 괜찮고 체인 퀘스트의 시발점이고."

그런가……라고 생각하면서 나는 납득하고 돌아가려 했
지만, 타쿠가 내 앞을 가로막고 있었다.

"그럼 나는 슬슬 돌아갈게……."

"그 전에 주위 좀 보라고."

슬쩍 주위를 확인했더니, 이쪽의 눈치를 살피는 플레이어
가 아직 많았다.

"이게 어떻게 된 거야?"

"그야 윤이 귀여우니까 모두의 주목을 모은 거지!"

"예이예이. 간츠의 멍청한 발언은 무시해도 돼."

그렇게 말하며 미닛츠가 메이스 끝으로 간츠의 발을 꾹꾹
눌러대자, 간츠는 소리를 죽이며 고통에 몸부림쳤다.

케이가 기막히다는 듯이 한숨을 내뱉으면서 '간츠는 무시
해도 돼'라고 말하고, 마미 씨가 진짜 이유를 가르쳐주었다.

"다들 윤 씨랑 친해지고 싶은 거예요. 이 자리에서 우연히
나타난 것은 기회라고 생각하는 거겠죠."

"나랑? 전투력이 낮은데⋯⋯."

"그거 말고도 윤이 미소녀니까 남자들은 흑심으로──"
"간츠는 사람 불안하게 만드는 소리 하지 마!"──"으갹?!"

이번에는 메이스로 머리를 얻어맞는 간츠. 간츠의 말에
나는 불쾌한 표정을 하였다.

"어어, 윤 씨는 전부터 유명한 생산직이고, 어제 뤼이의
피로회도 있어서 일시적으로 모두의 관심이 높아졌다고
봐요."

"그러니까 지금 여기서 윤을 놔주면 또 붙들릴 거라고 생
각하는데?"

재미있다는 눈치로 말하는 타쿠를 나는 가볍게 노려보
았다.

모두가 밀려들기 전에 뤼이를 구경시켜주라고 말한 건 타쿠인데, 이래선 전혀 변한 게 없다고 생각되었다.

"그럼 이 자리에서 로그아웃할래. 타쿠, 빼내줘서 고마워."

"아니, 이대로 우리랑 히든 퀘스트를 받으면 돼."

아까 '선약'은 타쿠가 나를 빼내는 방편으로 한 말이라고 생각했는데, 진짜로 이대로 같이 퀘스트를 받자는 제안이었다.

"게다가 전에 말했잖아? 퀘스트칩 모으는 걸 도와주겠다고."

"나는 딱히 도움이 필요 없는데……."

실제로 목표인 퀘스트칩 50개는 이 경호 퀘스트를 받지 않아도 약가게의 납품 퀘스트나 적당히 심부름을 받아도 달성할 수 있다.

내가 곤혹스러운 표정을 하자, 타쿠는 다른 식으로 말했다.

"그럼 윤이 나를 도와줘. 윤이 필요해."

"……뭐, 필요하다고 하면 돕는 거야 싫지 않지."

나는 타쿠의 말에 조금 멋쩍어하면서 퀘스트를 승낙했다. 나 자신도 누군가의 서포트가 필요하지만, 역시 서포터로서 누군가를 도와주고 싶다고 생각한다.

그런 내 대답에 싱글거리던 간츠와 미닛츠는——

"윤, 설마 이렇게 가벼울 줄이야. 그리고 타쿠 녀석, 정말로 뭐야! 아아, 이게 질투로군. 타쿠에 대해 살의의 파동이…… 지금이라면 그걸 쓸 수 있을 것 같아!"

"간츠, 시끄러워. 그보다 윤의 부끄러워하는 얼굴이 완전히 소녀의 얼굴이라서 파괴력 발군이었어."

발을 구르며 뭐라고 소리 내는 간츠의 엉덩이를 메이스로 때리면서 히든 퀘스트 대열로 데려가는 미닛츠.

그 외에도 주위로 눈을 주자 다소 살기 어린 기척이 느껴졌지만, 그 원인을 몰라서 나는 고개만 갸웃거렸다.

기나긴 대기열에 서 있는 동안 나는 타쿠네 파티와 퀘스트에 관한 정보를 공유하였다.

"나는 아까 임시 파티 모집 설명에서 대충 들었는데, 타쿠가 보기론 어때?"

내 말에 타쿠는 히죽 웃음을 돌려주었다.

"역시 보수가 1인당 퀘스트칩 5개란 게 매력이겠지. 참가 인원에 따라 적 몬스터의 숫자나 강함이 변하는 건 아니니까, 최대인원으로 하는 게 좋은 퀘스트야."

"그거 말고. 나는 요인 경호 퀘스트를 받아본 적 없는데, 충고해줄 거 있냐는 소리야."

"보통 전투일까. 다만 이번 경우는 무기나 방어구에 제한이 있어. 그쪽이 문제겠지."

타쿠는 장검을 이용한 이도류지만, 장비 제한 관계상 그 중 하나밖에 쓸 수 없기 때문에 평소의 전투 스타일로 싸울 수 없다.

"참고로 모두의 장비는?"

"내가 장검 하나, 간츠가 무기 없고, 미닛츠가 메이스, 케이가 방패에 마미 씨가 지팡이."

"다들 같은 장소에 있어?"

"두 명씩 세 조로 나뉘어서 회장에 흩어지는 게 금방 대응할 수 있을 거야."

그리고 나와 타쿠, 간츠와 미닛츠, 케이와 마미 씨라는 익숙한 조합으로 결정되었다.

그리고 요인 이외에도 NPC가 있는 파티장에서 어떤 움직임을 할 필요가 있느냐인데, 실제 파티장을 보지 않았으니 그 부분은 뒤로 미루었다.

늘어선 줄이 서서히 짧아짐에 따라 긴장한 내게 타쿠가 긴장을 풀라는 듯이 말했다.

"습격하는 적을 격퇴하면 퀘스트 클리어니까 부담 가질 필요 없어."

"아, 알았어."

요인 경호이기 때문에 보디가드의 차림을 해야 하나 생각하면서, 가능하다면 움직임에 지장이 없는 가벼운 장비가 좋겠다고 생각하는 사이에 순서가 돌아왔다.

"어서 오시죠, 모험가들. 여러분은 오늘 파티의 주최자인 아가씨를 지켜주셨으면 합니다."

공손히 허를 굽히며 인사하는, 멋진 수염과 올백 스타일을 한 초로의 집사 외모의 퀘스트 NPC.

NPC라도 이렇게 실력 있는 분위기의 댄디한 남성에게 동경의 마음이 들어서 그 모습을 가까이서 관찰했다.

"올 연말, 제 주인님은 귀족 여러분을 저택에 초대하여 연일 파티를 열고 계십니다. 그런 가운데 제 주인님의 외동딸인 아가씨를 노리는 수상한 자들이 있습니다. 그렇다고 해서 파티를 중지할 수도 없으니 여러분이 파티에 섞여서 긴밀히 아가씨를 지켜주셨으면 합니다."

이 퀘스트에서 근본적으로 해결해야 할 목표를 듣고 타쿠가 퀘스트를 수주하자, 저택의 철문이 열리고 젊은 집사 NPC가 저택 안으로 안내해주었다.

"그럼 이제부터 파티장으로 들어갈 준비를 해주십시오. 이 의뢰가 완료된 후에는 모두 원래대로 돌아갑니다. 방 앞에 있을 테니 준비가 끝나는 대로 말씀해주세요."

그렇게 말하고 젊은 집사가 대기실인 듯한 방으로 우리를 안내하자, 메뉴가 멋대로 열렸다.

"오, 이걸로 앞으로 못 쓰는 장비를 체크하고, 가져갈 장비품을 고르는 거로군."

나는 망설임 없이 메인 장비인 [검은 처녀의 장궁]을 가져갈 장비로 선택했다.

파티장에는 사역몹도 장비품으로 취급되기 때문에 [조교] 센스의 [소환] 스킬도 일시적으로 사용 불능 상태가 되었다.

특별한 제한이 달리 없는 것을 확인하고 장비 센스도 변경했다.

소지 SP 45

[활 Lv50] [장궁 Lv30] [마궁 Lv8] [하늘의 눈 Lv14]

[간파 Lv24] [준족 Lv20] [마도 Lv18] [부가술 Lv41]

[조약사 Lv7] [물리공격 상승 Lv8]

대기

[연금 Lv45] [합성 Lv45] [조금 Lv25] [조교 Lv23]

[지 속성 재능 Lv29] [생산직의 소양 Lv5] [요리인 Lv15]

[수영 Lv15] [언어학 Lv25] [등산 Lv21] [신체 내성 Lv5]

[정신 내성 Lv4] [선제의 소양 Lv9] [급소의 소양 Lv9]

무기로 식칼을 가져갈 수 없으니까 [요리] 계열 센스는 빼고, 또 파티장을 망가뜨리지 않도록 폭발하는 공격이 많은 [지 속성 재능] 센스도 뺐다.

대신 가져갈 무기로 고른 [검은 처녀의 장궁]으로 쓸 수 있는 [활] [장궁] [마궁]의 세 가지 활 센스를 장비했다.

무기를 하나밖에 가져갈 수 없는 이번 퀘스트에서는 상승 효과를 노릴 수 있는 같은 계통의 센스로 꾸리는 편이 나을 거란 판단이었다.

방어구 제한도 있어서 [DEX 보너스]를 뺐지만, 아무튼 활 계열 센스에 특화된 센스 구성을 완성시켰을 때 타쿠의 목소리가 들렸다.

"간츠 쪽의 장비 체크는 끝났는데 윤은 어때?"

"어, 나도 끝났어."

"그럼 집사 NPC를 부를게."

문 앞에서 대기하던 집사 NPC에게 말을 하자 곧바로 들어와서 확인하였다.

"이제부터 파티장으로 가겠습니다. 준비는 되었습니까?"

"그래, 문제없어."

타쿠가 대답하자, 집사 NPC가 "그럼 실례하겠습니다"라는 말을 하고 오른손을 들어 손가락을 튕겼다.

거기에 맞춰서 여태까지 장비했던 동복 장비가 순식간에 바뀌고——

"어?! 이건 또 재미있네."

"왜 내가 드레스야!"

타쿠는 순식간에 변한 자기의 턱시도 차림을 재미있다는 듯이 둘러보았다. 의외로 잘 차려입어서 상큼한 호청년으로 보였다.

마찬가지로 간츠는 다소 가볍게 풀어진 느낌의 포멀한 양복 차림으로 변했고, 케이도 딱 붙는 포멀한 양복을 입었다. 균형 잡힌 스포츠맨 체형의 케이에게서 신선함을 느꼈다.

그리고 여성진은——

"꺄아아아! 윤, 귀여워!"

"저기, 멋지네요."

"내 드레스 차림을 귀엽다고 하지 말아줘. 두 사람 쪽이 단연 드레스가 어울리고."

기세를 타고 껴안으려 드는 미닛츠를 떼어내고 나는 다시금 두 사람의 드레스 차림을 보았다.

미닛츠는 밝은 오렌지색의 활동적인 인상을 주는 드레스를 입었고, 마미 씨는 애초부터 가진 어른스러운 느낌을 표현한 듯한 남색의 드레스였다. 그리고 그 가슴께에는 귀여운 리본이 액센트로 장식되어서 소녀스러움을 드러내었다.

마지막으로 내 복장은 심플한 보라색이 깃든 검은 드레스였다. 소매에 레이스가 조금 들어간 드레스는 이전에 입은 원피스와 크게 다를 바 없지만, 역시 여자 옷을 입는 저항감은 강하다.

"난 남자인데……."

"그렇게 약한 소리 하지 마. 자, 파티장으로 가자."

내가 타쿠에게만 들리는 작은 소리로 중얼거리자, 타쿠는 나를 위로하지도 않고 안내하는 집사 NPC의 뒤를 따라서 성큼성큼 파티장으로 이어지는 복도를 걸어갔다.

"잠깐만. 그렇게 서두르면……."

다급히 따라 걸었지만, 장비 제한이 신발에까지 영향을 미쳐서 걷기 힘들었다.

이제부터 전투가 시작될 가능성이 있기 때문에 움직임을 방해하지 않는 굽 낮은 신발을 신었지만, 여성용 신발에 익숙하지 않기 때문에 나는 모두보다 조금 뒤쳐져서 파티장으로 들어갔다.

밝은 샹들리에의 불빛과 악단이 연주하는 댄스곡이 흐르는 파티장에서는 NPC 참가자들이 춤을 추고 요리를 먹으며 저마다 시간을 보내고 있었다.

그 샹들리에 밑으로 우리는 제각각 조를 짜서 입장하였다.

간츠는 제일 먼저 요리를 향해 걸어갔고, 그 뒤를 미닛츠가 기막히다는 표정으로 쫓아갔다.

마미 씨는 나와 마찬가지로 굽이 낮은 신발이지만, 역시 익숙하지 않은 건지 케이의 팔을 붙잡고 천천히 걸어갔다. 거기에 묵묵히 걸음을 맞춰주는 신사적인 케이의 모습에 존경심을 품었다.

나도 저런 식으로 여성을 에스코트할 수 있게 되고 싶다.

그리고 그런 나를 본 타쿠는——

"뭐야, 윤? 계속 케이네를 보고. 에스코트라도 해줘?"

"나는 남자야. 뭐가 슬프다고 타쿠한테 에스코트를 받아야 하는데. 오히려 내가 하고 싶을 정도야."

그렇게 말하며 새된 눈으로 타쿠를 바라보자, 껄껄 웃으면서 농담이라도 대답했다.

나는 살짝 한숨을 내쉬었다.

그리고 우리도 적의 습격에 대비하여 댄스 플로어 근처로 이동했다.

수많은 남녀가 담소를 나누고 음악에 맞추어 춤을 추고

있었다.

그 가운데에 있는 하얀 드레스를 입은 금발 소녀 NPC가 이번 퀘스트의 경호 대상이다.

"자, 간츠네가 요리 테이블, 케이네가 베란다 부근에 있어. 우리는 어쩔까?"

"가능하면 NPC 아가씨의 근처에 있고 싶어. 지키기 쉬우니까. 그렇지, 아가씨를 잘 구워삶으면 어떨까? 그러면 꽤나 접근할 수 있어."

"그거 좋지 않을까? 가능하다면의 이야기지만. 그보다 저쪽은 괜찮아?"

간츠는 요리에 열중했고, 마미 씨는 악단의 연주에 귀를 기울이느라 다소 경계가 부족한 것 같다.

"자기 방식대로 경계하는 거니까 문제없겠지."

간츠의 옆에서는 미닛츠가 주위를 둘러보고, 케이도 마미 씨의 옆에서 벽에 등을 기댄 채 팔짱을 끼고 삼엄한 시선으로 경계하고 있다.

그리고 우리는——

"윤, 대상이 움직였어. 구워삶는 거야 무리지만, 자연스러운 느낌으로 접근하자."

"어? 잠깐 기다려봐!"

나는 간츠나 케이 쪽을 보고 있었기 때문에 대상의 움직임을 놓쳤다. 타쿠는 내 손을 잡아끌며 곡이 흐르는 댄스 플로어로 다가가서 몇몇 NPC 페어가 교대로 손을 잡으며 춤추는 안에 들어갔다.

"왜 여기로 들어가는 거야! 이건 날 괴롭히는 거냐!"

"아니라니까. 경호 대상이 춤을 추잖아. 체육 수업에서도 여자 파트 해본 적 있잖아?"

"그런 건 초등학생 때 포크댄스 연습이지! 게다가 남녀 숫자가 안 맞아서 그런 거잖아!"

"지금 생각하면 거 참 웃기는 소리네."

추억담을 말하면서 즐겁게 미소를 짓더니 성큼성큼 댄스 플로어의 중심으로 들어가는 타쿠. 하지만 나는 애초에 댄스 같은 걸 못 한다.

"나는 사교댄스 같은 거 못 해."

"그냥 보고 흉내만 내든가?"

"그만둬! 남자들끼리 밀착하기 싫어."

타쿠가 손을 잡고 얼굴을 빤히 바라보는 바람에, 오가는 시선을 견딜 수 없어서 눈을 돌렸다.

그 시선 끝에는 우리와 마찬가지로 경호 대상을 지키기 쉬운 위치로 이동하는 미닛츠나 마미 씨 등이 있어서, 내게 뭔가 기대하는 눈을 보내고 있었다.

왜 이렇게 된 거지. 경호 대상은 얼른 여기서 움직이라고 강하게 빌었다.

하지만 움직인 건 경호 대상이 아니었다.

"윤!"

"알고 있어! 〈인챈트〉——어택, 스피드!"

서로의 손을 놓고 반대방향으로 뛰면서 나는 타쿠에게 공격과 속도 향상 인챈트를 걸었다.

 직후에 떨어진 샹들리에의 직격은 피했지만, 광원이 줄어들어서 어둑어둑한 홀 안에 단숨에 긴장감이 늘었다.

 나는 인벤토리에서 [검은 처녀의 장궁]을 꺼내고 경호 대상인 금발 소녀를 지키도록 그녀의 앞으로 뛰쳐나갔다.

 타쿠도 무기를 꺼내고 베란다 부근의 어둠 속에서 나타난 습격자인 듯한 적 NPC 한 명과 검을 나누었다.

 타쿠는 무기 제한 때문에 유일하게 가져올 수 있었던 장검 한 자루에 발차기나 주먹질을 섞어서 인간, 인간형 몹에 맞춘 싸움을 펼쳤다.

 내가 어둠을 볼 수 있는 [하늘의 눈]으로 회장 안을 조사하니, 습격자는 그 외에도 두 명.

 한 명은 간츠가 대미지 무시의 근접 전투로 그 자리에 붙잡았고, 미닛츠는 간츠의 대미지를 회복하였다.

 또 한 명은 방패를 든 케이 때문에 움직임이 가로막혔고, 케이의 뒤에 있는 마미 씨가 마법으로 공격해서 대미지를 주었다.

 나는 활을 꺼낸 것까진 좋았지만, 패닉 때문에 도망 다니는 다른 NPC나 타쿠 등이 사선에 있어서 쉽사리 화살을 날릴 수 없었다.

 이 무질서한 상황 속에서 나는 경호 대상인 금발 소녀를 지키기 쉽도록 같이 벽 쪽으로 후퇴하면서 타쿠 등에게 각각 적합한 인챈트를 걸었다.

"적 자체는 그렇게 강하지 않은가? 아니, 전투에 내가 나설 일이 없나?"

그건 기쁜 일이지만, 퀘스트칩 5개의 난이도치고 쉽게 느껴졌다.

이럭저럭 하는 사이에 간츠가 일단 제일 먼저 습격자 하나를 쓰러뜨렸다.

그대로 다른 둘도 쓰러져주면 좋겠다고 생각했는데, 그렇게는 되지 않았다.

"──큭! 미안, 놓쳤어!"

케이가 소리를 치고, 시커먼 옷의 습격자가 단검을 역수로 들고 이쪽으로 향했다.

케이가 습격자를 놓친 원인은 습격자가 견제를 위해 던진 나이프가 마미 씨 쪽을 향했기 때문에 그걸 저지하려고 움직이다가 위치를 잘못 판단했기 때문이다.

"윤, 조심해! 그 이상은 안 보낸다!"

그렇게 소리친 타쿠는 습격자와 코등이 싸움인 상태로 상대의 움직임을 묶고 있었지만, 자기도 움직일 수 없었다. 제일 먼저 습격자를 해치운 간츠가 이쪽으로 향하는 습격자의 뒤를 쫓듯이 달려왔지만 아무래도 늦었다.

달려드는 습격자와 경호 대상인 금발 소녀 사이에는 지금 나밖에 없다.

"그럼 내가 상대할 수밖에 없지. 〈인챈트〉──어택, 스피드."

습격자가 한 명이라면 어떻게든 되겠지. 최악의 경우, 내가 몸을 던져서 시간을 벌면 케이나 간츠가 달려와 줄 것이다.

그렇게 생각하면서 나는 스스로에게 강화 인챈트를 걸고 습격자에게 [검은 처녀의 장궁]을 겨누었다.

다른 NPC들은 달려오는 습격자에게서 도망치려고 움직여서 화살 사선이 확보되었고, 표적이 되는 습격자는 이쪽을 향해 똑바로 달려오기 때문에 조준하기 쉽다.

나는 조금이라도 시간을 벌 수 있도록 [마비] 상태이상약을 합성한 화살을 메기고 반드시 명중하도록 습격자를 충분히 끌어들였다.

그런데 습격자는 내 배후에 있는 경호 대상에게 덤벼들려고 점프했기 때문에, 나는 공중에 있는 그 녀석에게 화살을 날리게 되었다.

"——어?"

얼빠진 소리가 귀에 닿았다. 몇 초 뒤에 그게 내가 낸 소리라고 깨달았다.

근접거리에서 복부에 마비 화살을 맞은 습격자는 상태이상에 걸려서 움직임이 멈추는 게 아니라, 마치 튕긴 것처럼 빙그르르 돌면서 뒤로 날아갔다.

공중에서 보이지 않는 철구에 배를 맞은 듯한 그 모습에 아연해지는 우리들.

낙하지점에서 몸을 기역자로 굽히고 꿈쩍도 하지 않는 습격자.

그 뒤에 마지막 습격자를 쓰러뜨린 타쿠가 내 눈앞에서 날아간 습격자에게도 다가가서 완전히 쓰러졌다고 확인했다.

내가 스스로가 한 짓에 멍하니 있자 모두가 모여들었고, 거기에 이 저택의 NPC 아가씨의 경호 퀘스트가 완료되었다는 메시지가 흘렀다.

그리고——

"……윤, 너 뭐 한 거야?"

타쿠가 새된 눈으로 물어보았지만, 그런 나도 왜 이렇게 되었는지 알 수 없었다.

그저 평소처럼 화살을 날렸을 뿐인데…….

날아간 습격자의 몸을 보니, 검은 옷의 일부가 파손되었고 그 밑에 껴입은 사슬갑옷에 화살이 가로막혔지만 충격을 죽일 수는 없었던 모양이다.

하지만 왜 화살 공격에 이 정도의 충격이 생겼는지 알 수 없어서, 나는 무심코 타쿠에게 물었다.

"왜 이렇게 됐지?"

"아니, 나한테 물어도 모르거든. 아까 공격과 평소 공격의 차이를 생각해보면 좋겠지."

멍하니 중얼거리는 타쿠의 말에 나는 손가락을 꼽아가며 차이점을 생각했다.

그동안에 습격자를 놓쳐서 풀죽은 케이를 마미 씨가 위로하고, 간츠와 미닛츠는 경호 대상이었던 NPC 아가씨와 새롭게 나타난 중년 남성 귀족 NPC와 대화를 하여 퀘스트 뒤처리를 하였다.

"방어구는 제한이 걸린 이 드레스니까 추가 효과나 DEX 보너스는 없겠지. 무기도 평소에 쓰는 [검은 처녀의 장궁]이고, 화살은 마비약을 합성하여 시간을 버는 화살이었어."

"액세서리는?"

"방어 중시의 [대신하는 보옥의 반지] 외에는 스테이터스에 크게 관여하는 건 장비 안 했어. 그리도 효과를 발휘하기 전에 적을 쓰러뜨렸으니까 의미가 없었고. 센스 구성은 [활] [장궁] [마궁]——"잠깐!"——응?"

타쿠의 말에 장비 중인 센스를 꼽아가던 나는 뭔가 이상한 거라도 있었나 하고 고개를 갸웃거렸다.'

"윤, 네가 지금 한 센스 구성을 죄다 가르쳐줘."

"어어, [활] [장궁] [마궁] [하늘의 눈] [준족] [간파] [마도] [부가술] [조약사] [물리공격 상승], 이렇게 열 개. 장비제한으로 무기는 [검은 처녀의 장궁]을 골랐으니까 전투에 조금이라도 유리하도록 활 계열 센스를 모아서……. 어, 남은 한 자리는 가장 DEX 보정이 큰 [조약사] 센스를 넣었어."

"너…… 그 구성에 아무런 의문도 없어?"

타쿠의 그런 질문에 나름대로의 생각을 말하였다.

"뭐가? 아, 거의 순수한 활잡이 센스 구성이란 말인가."

"그게 아냐. 너 [활] 계열 센스를 세 개나 동시나 장비했잖아."

"그게 뭐?"

고개를 갸웃거리는 나에게 타쿠가 지친 듯이 한숨을 내쉬었다.

[장궁]과 [마궁] 센스의 조합은 해본 적 있고, [마궁] 센스를 취득하기 전에 [활]이나 [장궁] 센스를 함께 장비한 적도 있었다. 그걸 동시에 세 개 장비해서 이렇게 극적인 효과가 생긴 걸까.

"윤. 잊었을지도 모르지만, 무기 센스에 따른 대미지 보정 외에도 기타 부가적인 효과가 있잖아?"

그런 타쿠의 말에 멍하니 '그러고 보면 그런 게 있었지'라고 떠올렸다.

예를 들어서 [검] 센스를 가진 플레이어와 [대장] 센스를 가진 플레이어는 양쪽 모두 검으로 공격할 때에 판정이 발생한다.

하지만 [대장] 센스를 가진 플레이어의 경우, 무기에 따른 공격 판정이 발생할 뿐이지 무기 보정이나 아츠 등의 은혜를 얻을 수 없다.

그리고 그 보정은 각 센스에 개별로 설정되어 있기 때문에 때로는 중첩된다.

"검이나 창의 센스를 복수로 장비한 경우는 있지만, 인기 없는 활 계열 센스를 세 개나 장비한 녀석은 처음이야."

"그러면 아까 나는……."

"활 계열 센스의 3중 장비로 무기 보정과 넉백 효과의 중

첩. 게다가 [물리공격 상승]에 인챈트를 통한 스테이터스 강화. 거기에 적이 버틸 수도 없는 공중에서의 근거리 사격이었던 걸 생각하면……."

활 공격으로 포탄이라도 맞은 것처럼 날아가다니, 현실에선 있을 수 없다. 역시나 판타지라고 해야겠지.

활 계열 센스의 3중 장비로 처음 보는 일에 놀랐지만, 타쿠의 추측을 듣고 내가 처음으로 한 말은――

"――마비 합성화살을 낭비했네."

"그딴 거나 신경 쓰고 있냐!"

"아니, 상태이상 합성화살은 꽤 귀중한 소모품이야. 저렇게 오버킬이 될 줄 알았으면 안 썼을 텐데……."

"여태까지 다루기 안 좋다고 여겨졌던 활 센스의 평가가 변할 가능성이 있는 대발견이야. 조금은 기뻐하는 게 어때?"

이번 적은 NPC라서 인간형이었지만, 중형이나 대형 몹에 대해서 유효하다고 판단되면 분명히 [활] 센스에 새로운 가능성이 생기겠지.

하지만 나는 기본적으로 생산직이기 때문에 별로 흥미가 없었다.

이럭저럭 하는 사이에 간츠 일행이 퀘스트 뒤처리를 끝내고, 마지막으로 중요한 이야기가 있다고 해서 전원이 NPC 앞으로 모였다.

"다음 체인 퀘스트 이야기를 들을 수 있다나 봐."

경호 대상이었던 금발 소녀 아가씨 NPC와 그 아버지인 듯한 귀족 NPC가 콧수염을 쓰다듬으면서 표정을 풀고 다음 퀘스트 내용을 말해주었다.

"이번 습격자들은 악마를 숭배하는 광신자들이다. 그자들은 악마를 불러내는 의식을 위한 제물로 고귀한 피를 이은 나의 딸을 유괴하려고 한 것이다."

"왠지 NPC 한 명을 지킬 뿐인 퀘스트가 단숨에 장대해진 것 같은데, 나 이만 돌아가도 돼?"

솔직히 이 이상 이 퀘스트를 공략할 마음은 내게 없다. 하지만 귀족 NPC의 이야기는 계속되었다.

"광신자들은 아직 아지트에 남아 있어서 내 딸을 앞으로도 노릴 가능성이 있다. 그러니 이번에 딸을 지켜준 자네들이 이놈들의 아지트를 없애주었으면 하네!"

──[체인 퀘스트 ─ 악마숭배자의 아지트 괴멸]──
악마숭배자의 아지트에 침입. ──1 / 4

이러한 대형 퀘스트에는 그만한 난이도가 있는 게 상식이다. 게다가 미공략이라고 들었는데, 나 같은 게 참가하지 않아도 이 퀘스트를 받은 누군가가 공략해줄 거라는 마음이었다.

"딸의 안전을 위해 잘 부탁하네."

그렇기는 해도 그렇게 말하며 깊이 고개를 숙이는 귀족 NPC를 보니, 자식을 지키는 부모의 마음이 느껴져서 내 마음이 복잡해졌다.

올 때 안내해주었던 젊은 집사 NPC에게 저택 출구까지 안내받았다.

"그럼 여러분에게는 여기서 방금 전에 습격자가 가지고 있던 소지품을 드리겠습니다. 악마숭배자의 아지트를 찾을 실마리가 될지도 모르니까요."

그런 말과 함께 우리는 각각 퀘스트 아이템 [악마숭배자의 아지트 지도]를 입수했다.

마지막으로 이번 퀘스트의 장비 제한이 해제되어서 모두가 동복 장비로 돌아오는 가운데, 젊은 집사 NPC가 말하였다.

"파티장에서 입으셨던 옷은 반납하지 않고 그대로 가져가셔도 좋습니다."

"아니, 필요 없으니까!"

나의 저항도 허무하게 퀘스트의 부수입 중 하나로 [칠흑의 코디네이트 드레스]라는 아이템을 입수한 것은 정말 원치 않은 일이라고 할 수밖에 없었다.

3장   악마숭배자와 저택 침입

우리가 히든 퀘스트를 클리어한 뒤에 연쇄적으로 새로운 이벤트 퀘스트가 발생했다.

하지만 내가 현재 가진 퀘스트칩은 50개, 목표 개수에 도달했기 때문에 나는 이 이상 이 퀘스트가 필요 없다. 아니, 그랬는데…….

"오늘은 경호 퀘스트라는 귀중한 체험을 했어. 고마워, 그럼——"윤, 로그아웃하기 전에 모두와 이야기 좀 해."——칫, 도망치려고 했는데."

이 흐름을 타고 로그아웃해서 일상생활로 돌아가려고 했지만, 타쿠에게 어깨를 붙잡혀서 발이 묶였다.

"윤이 이 퀘스트를 할 마음이 없다는 건 알아."

"그럼 왜 붙잡는데?"

"생각 좀 해봐. 여태까지 많은 플레이어가 도전해서 미달성, 난이도가 높은 퀘스트잖아. 당연히 그 클리어 보수는 상당할 거야. 그걸 생각하면 어떻게 해야 할지 의논해야지."

나는 그렇게 말하는 타쿠와 마주 보며 그 이야기에 귀를 기울였다.

"일단 도전할 경우의 메리트로는 클리어하면 난이도만큼의 퀘스트칩이나 레어 아이템이 들어와."

타쿠는 메뉴를 열고 수주한 [체인 퀘스트 — 악마숭배자의 아지트 괴멸]의 성공 보수를 짚었다.

거기에는 전원에게 퀘스트칩 20개씩과 [???]라고 표기된 불명확한 보수가 적혀 있었다.

복수 파티 참가형의 레이드 퀘스트를 최대 멤버로 클리어한 경우보다도 더 많은 퀘스트칩을 받는 데다가 정체 모를 보수란 것이 게이머의 마음을 자극하고 퀘스트 참가를 부채질하기에 충분한 요소다.

타쿠는 계속해서 이 퀘스트를 받을 때의 디메리트를 말했다.

"디메리트는 난이도만큼 공략시간이 걸려."

"즉, 도전했다가 실패하면 시간을 오래 낭비한다는 소리네."

미닛츠의 말에 타쿠가 끄덕였다.

분명히 아무리 클리어 보수가 파격적이더라도 그 퀘스트 하나에 1주일이나 걸린다면 오히려 마이너스다. 하루 평균 3개 이상의 퀘스트칩을 모을 수 있다면 최소한 21개 이상이란 소리니까.

뭐, 불명확한 보수의 내용도 그렇지만, 그래도 공략시간이 오래 걸리는 건 디메리트가 될 수 있다.

"그러니까 한정된 이벤트 기간 속에서 이 퀘스트를 다들 어쩌고 싶은지 정해줘."

"예이예이! 나는 이 퀘스트를 공략하겠어!"

간츠는 딱히 생각하는 기색도 없이 퀘스트 공략에 적극적인 입장을 취했다. 그 재빠른 반응에 우리는 기가 막히는 한편, 이어서 케이가 의견을 말했다.

"나도 퀘스트 공략을 하고 싶어. 하지만 어느 정도에서 손익 계산도 필요하지 않을까? 기일을 정해서 그때까지 퀘스트를 공략하지 못하거든 포기한다든가."

제법 건설적인 의견에 미닛츠나 마미 씨도 그런 방향성이면 괜찮겠다고 끄덕였다.

그리고 타쿠가 내게 말을 건넸다.

"그래서 윤은 어쩔래?"

"나는──"

일단 눈을 감고 생각했다.

처음에는 이 퀘스트를 계속할 생각이 없었지만, 기한을 설정해서 공략하는 거라면 해볼 만했다.

게다가 [아트리엘]에서 재배하는 메가포션이나 MP포트의 소재인 약비초와 혼백초를 늘릴 시간도 필요했다.

뭐, 약가게 할머니의 조합 퀘스트나 마을의 심부름 퀘스트는 꽤 단시간에 끝나는 것뿐이니까, 만에 하나 이쪽 퀘스트 공략이 실패로 끝나더라도 금방 목표량의 퀘스트칩이 모이니까 다급해할 필요도 없다.

그렇게 생각하여 내가 내놓은 결론은──

"알았어, 도울게. 다만 퀘스트를 클리어하기 어렵다고 안 시점에서 나는 바로 퀘스트 공략을 포기할 거니까."

"좋아! 결정됐군! 그럼 오늘은 이만 해산하고 내일부터 퀘스트 공략이다!"

나는 조금 성급했나 생각하면서 그날은 로그아웃하였다.

그리고 다음 날──학교에서 돌아와서 바로 OSO에 로그인하여 [아트리엘] 공방에 서자, 그대로 가게를 나서서 마을 대로를 지나 어느 장소로 향했다.

거기는 내가 처음 OSO에서 뮤우와 세이 누나와 합류했던 교회 앞의 광장이었다.

거기에는 이미 타쿠네 파티가 모여 있었다.

"미안. 늦었나?"

일단 메뉴의 시계를 확인하니 약속시간에 맞게 온 것이었다.

"윤, 안녕. 다들 조금 일찍 왔을 뿐이야."

미닛츠가 그렇게 말하고 웃으며 맞아주었다.

"그럼 퀘스트를 진행할까. 앞서 퀘스트 도전자에게 얻은 정보가 있는데, 일단 퀘스트 아이템인 지도에 있는 장소로 가보자."

그렇게 말하며 전원이 퀘스트 아이템인 [악마숭배자의 아지트 지도]를 보니 제1마을의 간략한 지도의 북서쪽에 표식이 찍혀 있었다.

"어어……. 여긴가?"

"그래."

우리기 지도에 표시된 장소로 향하자 거기에는 한 저택이 서 있었다.

규모는 이 퀘스트의 의뢰주인 귀족 NPC의 저택과 비슷하지만, 황량한 분위기의 저택이었다.

그 건물의 문은 활짝 열려 있지만, 모인 플레이어들은 거기로 들어가지 않고 뭔가 조사하기 위해 저택 바깥을 뒤지고 있었다.

"저기, 이 사람들은 죄다……."

"아마도 같은 퀘스트를 받은 플레이어 아닐까? 하지만 목적하는 장소에는 들어갈 수 없는 모양이군."

거기에는 여섯 파티 이상의 플레이어가 있어서 다들 필사적으로 침입방법을 찾고 있지만, [악마숭배자의 아지트]에는 들어갈 수 없는 모양이다.

"어떻게 된 거야? 여기가 지도의 목적지잖아."

"뭐, 일단은 '아지트로 침입'이라고 하니까. 목적지에 쉽사리 들어갈 수 있다면 이런 항목이 필요 없겠지."

그렇게 중얼거리는 타쿠의 말을 듣는 동안에 눈앞에는 저택 주위에 만들어진 철책 위로 올라가서 침입한 플레이어가 있었지만, 저택 내부에 방울 소리가 울리고 그 플레이어는 올라간 장소에서 꽁꽁 묶인 것처럼 움직임을 멈추었다.

그리고 어딘가에 숨어 있던 검은 후드의 악마숭배자인 듯한 NPC가 나타나서 그 플레이어를 데려다가 문 밖으로 내던졌다.

그 단계에서 플레이어의 주박이 풀리고 분해하는 모습이 보였다.

"저런 느낌으로 대담한 행동을 하거나, 들키면 어딘가에서 방울 소리가 울려 플레이어는 움직이지 못해. 그리고 그게 계속되면 강제로 퀘스트 공략 실패지."

"움직이지 못하게 되는 건 상태이상 대책으로 어떻게 안 되나?"

"안 돼. 대책이라고 해도 방울 소리가 안 나게 하는 건가 봐."

"그럼 방울 소리를 내는 악마숭배자를 해치우는 건?"

"어디에 있는지도 모르고, 철책 위로 올라간 시점에서 움직임이 막히는데?"

그 말을 듣고 게임이니까 뭔가 공략법이 없을까 생각했지만, 그걸 민감하게 감지한 타쿠는 이렇게 말했다.

"어느 왕국을 구한 용사가 도적이나 적의 아지트에 침입했다가 걸렸을 경우, 예의 바르게 두 손을 들고 감옥에 갇히는 흐름이 있는데. 그걸 보고 '그런 짓 말고 적을 베어버려!'란 소리는 안 하잖아."

"지당한 말입니다."

타쿠의 말에 반사적으로 녹색 용사의 퍼즐 액션을 떠올렸다.

그러자 나와 타쿠의 대화가 재미있었는지 다른 이들이 킥킥 소리죽여 웃었다.

"우, 웃지 마!"

"뭐, 침입 방법은 여러 가지인 모양이니까 그쪽을 시험해볼까."

아무튼 일단 아지트인 저택에 침입하는 것부터 시작이다.

"퀘스트 단계를 예상하지만 아지트 침입, 아지트 내부 탐색, 보스 토벌이 대략적인 흐름일 테니까, 하루에 하나나 두 단계씩 진행하는 거겠지."

"으음……."

나는 신음하면서 여기저기서 침입을 시도하는 플레이어들의 움직임을 관찰했다.

기본적으로 저택 내부에 울리는 방울 소리가 플레이어의 움직임을 막는다고 추측된다.

또 방금 전에 한 플레이어가 철책을 뛰어넘어 침입하고 방울이 울렸을 때 저택 문으로 뛰어들어서 침입하려던 플레이어가 두 명 있었는데, 한 명은 곧바로 방울이 울려서 움직일 수 없어졌지만 다른 한 명은 [은폐]나 [인식저해] 계열 센스를 장비한 모양인지 방울이 다소 늦게 울렸다.

즉, 방울은 침입자 별로 울리고 남에게 울린 방울소리에 영향을 받지 않는 모양이다.

"그럼 다른 침입방법을 보러 갈까? 어제 너희랑 헤어진 뒤에 여기에 와서 나도 입구로 몇 군데 점찍어놨는데."

"다른 침입방법이란 게 어떤 거야?"

"몇 가지 있나 본데, 성공 사례가 많은 건 아지트 북쪽의 마른 우물 안에서 이어지는 통로고, 거기에 있는 보스급 몹과의 연속 배틀을 이기면 아지트의 지하실로 나가."

그 말을 들은 나는 내심 무리라고 생각했다.

보스급과의 전투라면 정신을 갉아먹을 뿐이다. 그거라면 다른 방법을 모색한다.

"지하통로의 연속 배틀은 보스를 한 번 쓰러뜨리면 부활하지 않으니까 시간을 들여서라도 그 통로를 통과하고 아지트 내부의 공략은 내일이군."

"타쿠, 그 전에 정면으로 침입하는 방법을 하나 시험해봐도 될까?"

"침입을 여러 번 들키면 퀘스트 실패가 되는데……. 한 번만이야."

타쿠는 잠시 생각하고 다른 이들에게 눈짓한 뒤에 조건부로 허가해주었다.

"고마워. 실패하거든 얌전히 다른 침입경로로 갈게."

나는 그렇게 말하고 내 침입방법이 성공할지 불안하게 생각하면서 하얀 소환석을 꺼냈다.

"나와라, 뤼이——〈소환〉!"

나는 유니콘 뤼이를 성장한 상태로 불러내고 그 몸을 쓰다듬었다.

잠깐만 도와달라고 말하고 뤼이의 고삐를 손에 들며 그 몸을 만졌다.

나는 투명화한 뤼이와 함께 모습을 숨긴 채로 활짝 열린 저택의 문 안으로 들어갔다.

파티 멤버에게는 투명화한 뤼이가 희미하게 보이기 때문

에, 타쿠 일행은 묵묵히 내 행동을 지켜보았다.

피로회 때는 거기 모였던 플레이어 전원의 눈을 속일 수 있었다. 뤼이의 투명화라면 혹시나 생각하면서 천천히 저택 문을 통과했다.

우리가 저택의 현관까지 거의 도착했을 때——

——띠리링!

맑은 방울 소리가 들렸기 때문에 나는 움찔 발을 멈추었다.

들켰나 싶어서 자칫 뤼이에게 닿은 손을 뗄 뻔했지만, 꾹 참고 주위의 낌새를 관찰했다.

그러자 저택 현관 위의 발코니에 있는 악마숭배자가 내가 있는 곳과는 다른 방향을 향해 방울을 울리는 게 보였다. 아하, 높은 장소에서 감시하면서 침입자 발견과 동시에 방울을 울리는 건가.

아무튼 아까 방울소리는 다른 침입자에 반응한 것이라고 알고, 나는 다시금 걷기 시작했다.

그리고 저택 현관까지 도달하여 문을 만지자 거의 힘들이지 않고도 문이 열렸다.

발코니에서 보기에는 바로 밑의 현관이 사각이기 때문에, 위에 있는 악마숭배자는 현관문을 여는 나를 알 수 없었다.

나는 거기서 일단 뤼이에게 투명화를 해제시켰다.

"……남은 MP는 7할인가. 아직 여유는 있나."

나는 만일을 위해 그 자리에서 MP포션을 사용하여 MP를 회복시키고 다시금 뤼이에게 투명화를 쓰게 하여 문 앞에서 기다리는 타쿠 일행에게 돌아왔다.

"들어갈 수 있을 것 같아."

대수롭지 않게 말하는 내게 새된 눈으로 바라보는 타쿠.

"들어갈 수 있을 것 같다니……. 왜 윤은 제일 까다로운 침입 단계를 그렇게 쉽사리 성공하지?"

기막힌 눈치로 한숨을 내쉬는 타쿠에게 동의하듯이 다른 이들이 끄덕였다.

"어어, 뭐, 예정이 하루 앞당겨졌다고 생각하면 되겠지."

나는 일행의 시선에서 도망치듯이 눈을 돌렸다.

"하지만 뤼이의 투명화가 통하는 건 어느 정도 범위까지야? 윤 이외의 플레이어도 포함돼?"

케이의 지적에 전원이 앗 소리를 흘렸다.

글쎄. 뤼이의 투명화가 적용되는 건 소환한 나뿐일까? 하지만 보통 같이 있는 자쿠로도 뤼이의 능력으로 모습을 숨기기 때문에 나름 범위는 넓을 것 같은데.

"마미 씨. 잠깐 한 손 좀 빌려줘."

"어, 응!"

나는 제일 가까이 있는 마미 씨에게 말하며 한 손을 잡고 다른 쪽 손으로 뤼이를 만지며 투명화 능력의 발동을 부탁했다.

그러자 뤼이를 만지는 내 손바닥부터 서서히 투명해져서 나, 마미 씨 순서로 투명해졌다.

"다른 플레이어도 투명화 범위에 들어갈 수 있는 것 같아."

"그렇군. 하지만……."

하지만 한 가지 걱정거리로, 내 MP 소비량이 부쩍 뛰었다.

뤼이 같은 사역몹의 능력 발동에 필요한 MP는 그 몹을 소환한 플레이어가 부담한다. 방금 전에도 나는 저택 문에서 현관까지 내 MP의 소비량을 쟀는데, 그때보다 지금 마미 씨도 함께 투명화한 상태 쪽이 시간당 MP 소비량이 컸다.

"미닛츠. 마미 씨랑 손 잡아주겠어?"

"알았어."

투명하게 보이는 마미 씨의 손을 잡은 미닛츠는 마미 씨와 닿은 부분부터 투명해졌다.

하지만 그 순간부터 내 MP 소비량이 더욱 뛰어서 미닛츠의 모습이 완전히 사라지기 전에 바닥나고 뤼이의 투명화가 강제 해제되었다.

"이거……."

눈앞의 현상에 중얼거리는 케이에게 나는 결론을 말했다.

"사람이 늘어날수록 MP소비량이 늘어나는 거야."

"그럼 멤버 전원을 저택 현관까지 데려가는 건……."

"짧은 시간에 한 번에 갈 수 있는 숫자는 세 명까지야."

전투 중에 단번에 세 명을 투명화하는 건 무리지만, 단순히 이동할 뿐이라면 세 명까지 괜찮겠지.

내가 그렇게 결론을 내리자 간츠가 포효했다.

"좋아! 그럼 내가 윤과 마미랑 손을 잡고 입구까지——"자, 입 다물어."——꾸엑?!"

메이스로 간츠의 목젖을 찔러 강제로 입을 막은 미닛츠는 재빨리 내 손을 잡고 반대쪽 손으로 간츠의 멱살을 잡았다.

"자, 가자."

"아, 예."

나는 미닛츠의 박력에 눌려서 곧바로 내 MP를 회복시키고 뤼이에게 부탁하여 다시금 저택 현관까지 투명화로 이동했다.

문에서 현관까지의 돌길 위를 투명화한 간츠가 조용히 끌려가는 것은 초현실적이었다.

그 뒤에 나는 두 명을 현관 앞에 남기고 다시금 뤼이와 함께 문 앞으로 돌아왔다.

이번에는 마미 씨와 케이를 데리고 이동하고, 마지막으로 타쿠와 함께 아지트 입구까지 이동하여 전원의 이동을 완료했다.

나와 타쿠가 손을 잡고 현관까지 이동하는 동안, 현관 앞에서 대기하던 간츠와 미닛츠의 시선이 마음에 걸렸지만 무시하기로 했다.

●

"미안, 뤼이. 여기서부터는 데려갈 수 없을 것 같아."

시스템상의 제한이 걸려서 중형 이상의 사역몹은 저택 내부에서 소환할 수 없었다.

실내니까 그런 설정일 거라고 생각하면서 뤼이를 그 자리에서 소환석으로 되돌리고 저택 안으로 들어갔다.

저택 현관문을 지난 순간, 쿵 하는 가벼운 발소리와 함께 세계가 변했다.

여태까지의 햇빛이 넘치던 세계가 사라지고 어둑어둑한 저택 안으로 들어갔다.

"오오, 저택 안은 이렇게 되나. 이거 고생 좀 하겠네."

전원이 저택 안팎의 변화에 당황하는 가운데 간츠만이 경쾌한 소리를 내며 넓은 현관홀을 둘러보았다.

저택 밖에 넘치던 저녁의 빛과 인기척은 사라지고, 지금은 귀가 아플 정도의 정적이 울렸다.

창문으로 보이는 공간에는 어둠이 퍼졌고, 저택 내부의 불빛은 벽에 같은 간격으로 준비된 촛대의 가느다란 양초가 미덥지 않은 불꽃을 흔들거릴 뿐이었다.

"여기가 악마숭배자의 아지트 내부인가……. 안과 밖으로 공간이 변했다는 건 던전 취급일까?"

간츠의 혼잣말에 아마 그 생각이 정확할 거라고 보았다.

그리고 저택 내부에서는 우리 이외의 인기척이 전혀 느껴지지 않았다.

"저기, 타쿠. 다른 플레이어도 이 저택 안에 들어왔잖아. 왜 없지?"

"그야 개별 서버로 하기 때문 아닐까? 다른 파티와 만났다는 이야기는 못 들었고……."

"아하, 납득했어."

저택 밖에서 침입하는 방법은 공통이라도, 저택 내부는 각각의 파티 전용 서버가 준비되는 거겠지.

여러 파티가 만나는 바람에 키 아이템 습득에 문제가 생기거나 다른 파티 때문에 적에게 들키는 등 퀘스트 진행에 문제가 일어나지 않도록 하려는 걸지도 모른다.

"자, 이 저택 안에서 힌트나 키 아이템을 모으면서 퀘스트를 진행해서…… 전원 숨어."

타쿠의 말에 퍼뜩 고개를 들자, 현관홀 중앙에 있는 완만한 나선계단 위에 그림자가 늘어져 있었다.

우리는 각자 계단 밑이나 기둥 뒤로 뛰어들어서 계단 위의 존재에게서 몸을 숨겼다.

전원이 숨을 죽이고 있자, 아무래도 촛대를 든 검은 로브 차림의 남자가 2층 통로를 지나간 것뿐이었다. 아마도 보초 겠지.

암시와 원시 성능을 가진 [하늘의 눈]을 통해 남자의 얼굴이 불빛을 받은 순간을 보았는데, 그 얼굴은 절반 정도가 흉하게 변질되어 있었다.

또 로브 너머로 본 그 체형은 한쪽 팔이 이상하게 두꺼워서, 남자는 그걸 질질 끌 듯이 2층 복도를 지나갔다.

계단 위의 불빛이 사라졌을 때 전원이 참고 있던 숨을 내뱉었다.

"하아, 설마 NPC가 괴물이 되었다니……."

"으음, 악마숭배자라고 할 정도니까 배후에 악마라도 있어서 NPC를 저렇게 만들고 조종하는 거 아닐까? 그보다 퀘스트를 봐."

타쿠의 말에 전원이 메뉴를 확인했다.

──[체인 퀘스트 ─ 악마숭배자의 아지트 괴멸]──
악마숭배자의 아지트를 탐색하라. ──2 / 4

다른 파티원들도 메뉴를 열고 퀘스트 진행을 확인했다.

먼저 퀘스트 내용을 확인한 타쿠는 우리의 의견을 묻는 눈을 하였다.

"나는 방을 하나씩 조사하는 게 좋다고 생각해."

"아니, 나는 보초 NPC의 뒤를 따라가는 게 빠르다고 봐."

미닛츠와 간츠가 각자 다른 의견을 말하고 서로의 얼굴을 보았다.

그리고 타쿠에게 의견을 물었다.

"" ──한 쪽 골라!""

목소리를 죽이면서도 박력 있는 질문에 나는 침묵을 지켰다.

"그렇군. 미닛츠가 말한, 방을 하나씩 조사하는 건 스탠더드한 탐색 방법이지만, 이 저택은 넓을 것 같으니까 시간이 꽤 걸리겠지. 간츠의 제안대로 보초의 뒤를 밟으면 중요한 방을 좁힐 수 있을지도 모르지만, 들킬 위험이 커."

쌍방의 메리트와 디메리트를 말하고, 마찬가지로 팔짱을 끼고 생각하는 케이에게 타쿠가 말을 돌렸다.

　"케이는 어떻게 봐?"

　"너무 공략에 시간을 들일 수도 없지만, 싸우는 무대가 되는 저택 내부의 구조를 어느 정도 파악해둘 필요가 있겠지. 그러니까 오늘 하루는 1층에서 갈 수 있는 범위의 방을 탐색. 내일은 보초 NPC가 있는 2층을 조사하는 건 어때? 일부러 처음부터 들킬 위험을 감수할 필요도 없어."

　"그게 타당하겠군. 저택 1층과 2층의 구조는 비슷하겠고, 내부 파악도 쉬울지도. 적을 미행해서 힘을 밀어붙이면 퀘스트를 클리어할 수 없을지도 모르겠고."

　타쿠가 그렇게 중얼거리고 일단 전원을 모아서 저택 1층의 탐색을 시작했다.

　현관홀에서 올려다본 2층 복도에는 때때로 촛대를 든 인형의 NPC의 모습이 보였지만, 1층의 보초 NPC는 이상한 모습이 아니고 이쪽을 볼 타이밍에 숨으면 쉽사리 회피할 수 있을 정도로 허술한 경비였다.

　방에서 방으로 이동할 때에 선두에는 나와 간츠가 섰다.

　"저기, 타쿠. 왜 나랑 간츠가 선두야? 나는 일단 후위잖아."

　"이 파티 중에는 덫을 탐지할 수 있는 센스를 가진 게 윤뿐이니까. 그리고 간츠는 [덫 해제] 센스를 취득했으니까 둘을 같이 앞에 세우는 게 베스트야."

　분명히 내게는 덫 발견에 도움이 되는 [간파] 센스가 있다. 또한 암시 성능을 가진 [하늘의 눈]과의 조합으로 이 어둑어둑한 저택 내부의 탐색에도 맞는다.

하지만──

"간츠한테 [덫 해제] 센스가 있었어?"

"요정 퀘스트 끝난 뒤에 땄지. 던전 난이도가 올라가면 덫 난이도도 올라가니까 힘만으로는 돌파할 수 없어서 일단 취득했어."

그런 이유라고 납득하는 한편, 간츠의 [덫 해제] 센스 레벨이 아직 낮기에 지금으로서는 안심할 수 없다.

그래서 나는 덫을 해제하기보다 회피하는 방향으로 정했다.

"그럼 매핑하면서 탐색할까."

나는 [조합]에서 메모할 때 쓰는 종이와 펜을 꺼내어, 저택을 보이는 범위로 겨냥도를 그렸다.

"그러고 보면 윤은 저번에 요정 퀘스트 때도 종이에 맵을 그렸지."

요정 퀘스트 때에 내가 손으로 매핑했던 것을 기억한 간츠는 그렇게 중얼거렸다.

"이걸로 저택 전체 구조를 기록하면 뭔가 보일지도 모르니까."

나는 그렇게 말하고 현관홀에서 지금 있는 통로까지를 그려서 저택의 겨냥도를 제자했다.

"나중에 확인하기 쉬워지니까 부탁해, 윤."

타쿠의 말에 따라 나는 간츠와 나란히 통로를 걸으면서 바로 덫을 몇 개 발견했다.

"딸랑이, 경보, 꺼지는 바닥, 수면 가스. 플레이어의 행동 방해나 NPC를 불러들이는 타입의 덫이 많아."

통로를 걸으면서 비어 있는 방을 찾았다. 1층의 방은 대부분 잠겨 있지 않았지만, 침입을 방해하는 덫들이 설치되어 있었다.

그런 덫들은 주의 깊게 확인하면 센스 없이도 알 수 있는 것으로, 그것들을 해제 혹은 회피하면서 탐색하여 발견한 것은 무기나 포션 등의 소모품, 다소의 G 등 부차적인 보수였다.

그중에서 유일하게 잠겨 있던 방에서 발견한 것은——

"여기에도 무기인가……. 그것도 왜 금으로 된 무기?"

간츠가 레벨이 낮은 [덫 해제]의 〈자물쇠 해제〉 스킬로 연 방은 조그만 금고였고, 줄지어 놓은 나무상자 안에는 실용성 낮은 금무기가 보관되어 있었다.

그것도 수십 개라는 숫자, 파티 멤버 전원 분량의 무기가 보관되어 있었다.

금으로 된 무기는 전투에서 별로 활용할 수 없지만, 녹여서 금괴로 만들면 상당한 돈이 된다. 뭐, 나로서는 딱히 탐나는 아이템이 아니었지만…….

"왠지 작위적인 게 느껴져. 아무튼 나는 장검을 2개 확보할까."

타쿠는 그렇게 말하며 발견한 나무상자 안에서 금으로 된 검을 두 개 챙겼다.

미닛츠는 보석이 박힌 금메이스, 마미 씨는 금도금 지팡이, 케이는 내키지 않는 눈치로도 황금갑옷과 방패, 장검으로 제일 눈부신 장비를 입수했다.

"그래서 간츠의 장비는……."

"내 장비라고 해도 맨손 격투가니까 필요 없어."

"그럼 남는 건 금투창과 금화살, 금투척나이프인가."

나는 그 취미 나쁜 금장비를 인벤토리에 회수했다. 이 장비들은 녹여서 주괴로 만들 예정이다.

1층의 다른 장소를 탐색했지만, 이렇게 할 방이나 아이템은 찾을 수 없고 다른 걸 발견했다.

"다른 침입구가 이런 곳에 있네."

와인셀러에서 이어지는 지하실을 발견한 우리는 거기로 내려가서 저택과 마른 우물을 잇는 통로인 곳을 발견했다.

내가 보스급 몹과의 연전을 경계하여 지하통로 안을 센스로 조사하지 않았기 때문에 타쿠와 간츠가 직접 내려갔지만, 몹은 없어서 전투도 발생하지 않았다.

"일단 아지트 안에 잠입하면 모든 침입경로가 개방되는 거로군."

"다행이다. 이러면 돌아갈 때 그 현관으로 신중하게 이동하지 않아도 되겠어."

나는 현관으로 돌아가지 않아도 되는 것에 안도하여 전원의 쓴웃음을 샀다.

1층 탐색에서 그 외에도 침입경로를 몇 개 발견했지만, 퀘스트의 키 아이템이 될 만한 것은 발견할 수 없었다.

"1층 방을 죄다 조사했지만, 여태까지 퀘스트를 클리어한 플레이어에 대한 보상이란 면이 강하군. 진짜는 이 위인 2층인가."

타쿠의 말에 전원이 고개를 끄덕이고 한 걸음 내딛었지만——

"——아, 저녁밥 시간이다."

내가 메뉴에 설정하였던 알람이 시간을 알려서 전원이 퍼뜩 깨달았다.

학교에서 돌아와서 곧바로 로그인하여 약 두 시간 동안 탐색했다. 이 이상 OSO에 계속 로그인해 있으면 저녁식사가 늦어져서 뮤우가 시끄럽게 굴겠지.

"분명히 일단 휴식하기에 좋은 시간이군."

"그러네요. 일단 마른 우물로 해서 탈출하죠."

케이와 마미 씨가 휴식에 대해 동의하고, 1층 탐색이 끝난 단계에서 다들 저택에서 탈출했다.

마른 우물에 걸린 밧줄 사다리를 올라간 곳에는 이제부터 아지트 내부로 침입하기 위해 줄을 이룬 플레이어들이 있고, 지평선으로 기우는 태양과 차가운 바람이 맞아주었다.

"그럼 다음 공략은 어떻게 하지? 오늘 밤에 할까?"

퀘스트 공략의 예정을 묻는 타쿠에게 미닛츠가 미안하다

는 듯이 대답했다.

"미안. 나는 오늘 밤에 좀 일이 있어. 내일 밤 어때?"

"다른 사람들은?"

타쿠가 전원의 예정을 확인하고 다음 날 밤에 계속하는 것으로 결정한 뒤 로그아웃했다.

로그아웃 후에 나와 미우는 저녁식사 자리에서 서로의 OSO 상황에 대해 이야기를 나누었다.

"헤에, 오빠. 그 저택의 경호 퀘스트를 클리어했구나."

"그래. 그리고 그대로 아지트 괴멸의 체인 퀘스트 공략을 돕게 되었어."

나는 미우에게 설명하면서 닭 날개와 삶은 달걀을 식초와 간장, 설탕, 생강과 함께 끓여낸 조림이나 야채 절임, 된장국 등으로 젓가락을 뻗었다.

압력냄비를 사용하여 조린 닭 날개는 살이 부드럽고 양념이 배어서 맛있었다.

그러고 보면 생강과 비슷한 아이템이 OSO에도 있으니까 그거랑 코카트리스 고기를 사용하여 비슷한 요리를 만들 수 있을지도 모른다고 생각하자, 미우가 그 퀘스트에 대해 강한 관심을 보였다.

"헤에, 그 퀘스트를 받았구나. 미달성 퀘스트인데 어떤 느낌이야?"

"그냥 힘만으로는 안 된다는 느낌일까. 정면 현관루트는 경계가 강하지만 그것만 빠져나가면 전투가 없는 특수한 침입방법이고, 마른 우물 루트로는 보스급 몹이 있어서 연전을 벌이며 돌파해야 한다나 봐. 일단 저택 내부로 침입하면 모든 침입경로가 개방되지만, 그때까지가 고생이라고 할까? 또 저택 안에는 괴물로 변한 NPC가 배회하고 있었어."

"흠흠. 그럼 우리 파티라면 토비가 활약할 것 같네!"

타쿠네 파티에도 척후로 간츠가 있지만, 그런 쪽의 센스를 이제 막 키우기 시작한 모양이라 아직 미숙한 데가 많은 듯했다.

"나도 그 퀘스트에 대해 이것저것 들었어. 분명히 아지트 안의 보조 NPC를 해치우면 안 된다나."

"내가 들은 건 저택에 침입하기까지 여러 번 들키면 퀘스트 공략이 강제 실패가 된다는 이야기였어."

"내가 말한 건 방금 전에 알았어. 분명히 보조 NPC가 꽤 세서 한 명 해치우는 데에 꽤 시간이 걸린다고 그래. 그리고 거기에 모여드는 적 NPC를 일정 숫자만큼 쓰러뜨리면 플레이어들은 강제로 움직일 수 없게 되고 아지트 밖으로 쫓겨난다고."

"그건 저택 밖에 울리는 방울이랑 같은 걸 사용하는 걸까? 그렇다면 역시 힘으로 돌파하는 건 금물이겠네. 하지만 단번에 실패가 뜨지 않는 걸 생각하면 다소는 여유가 있나?"

"혹시 힘으로 할 수 있다면 저택에서 한 판 벌여보고 싶어!"

그건 그런 건가? 현관홀에 있는 나선계단 위의 2층 계단

참에서 적과 칼부림을 벌이고, 쓰러진 상대가 계단을 굴러 떨어지는 그런 거? 그렇게 생각하면서 미우의 말을 들었다.

"뭐, 그런 일이 나지 않게 신중히 행동할게."

"오빠도 힘내. 나는 시즈카 언니네 길드 [팔백만] 사람들이랑 레이드 퀘스트를 받았어!"

아무래도 며칠 뒤에 [팔백만] 길드홈에서 열리는 파티용 고기를 확보한다나.

그런 이야기를 하면서 저녁식사가 끝나고, 식후의 차를 마시는 미우와 설거지를 하는 나.

조용한 식후 시간을 보낸 뒤에 뭔가 떠올린 것처럼 미우가 중얼거렸다.

"그러고 보면…… 그 경호 퀘스트를 클리어했다면 파티용 의상 아이템을──"자, 목욕 준비라도 할까!"──잠깐, 오빠?!"

미우의 말을 지워버리듯이 나는 소리 내면서 식기를 정리하고 얼른 목욕탕으로 도망쳤다.

거실에서 부르는 미우의 목소리가 들리지만, 나는 무시하기로 했다.

●

목욕을 하고 자기 전의 짧은 시간, OSO에 로그인한 나는 [아트리엘]의 공방에서 생산 활동을 하고 있었다.

오늘 전과인 금으로 된 무기는 금화살 이외에는 마법로에 투입, 녹여서 금괴로 되돌렸다.

녹인 금을 주괴 틀에 붓고 조금 식힌 뒤 틀에서 제거하여 그 표면을 흑철 망치로 두들겼다.

불순물을 띄워서 순도 높은 주괴로 가공하는 것이다.

"휴우, 이 정도일까?"

금화살 이외의 금무기를 금괴로 가공한 뒤 금괴를 테이블 위에 쌓아올렸다.

"이걸로 뭘 만들까? 순금 액세서리가 아니라 합금으로 써볼까?"

소재가 좀 쌓여서 기쁜 나머지 입가가 풀어진 나는 그 금괴를 손에 들었다. 그때──

똑똑똑 하고 [아트리엘]의 점포 쪽에서 소리가 나서 작업하던 손이 멎었다.

"뭐, 뭐야?"

불안한 표정으로 점포 쪽으로 고개를 돌리자, 다시금 똑똑똑 하는 소리가 들려서 몸이 움찔 떨렸다.

지금은 뤼이와 자쿠로를 소환하지 않았고, 쿄코도 가게를 닫고 이미 돌아갔다. 누가 올 예정도 없다.

마치 호러 영화 같은 전개에 내가 조심조심 [아트리엘]의 점포를 확인하자, 문단속이 된 입구 쪽에 그림자가 보이고 틈을 들여가며 몇 번이나 문을 두들기고 있었다.

소리를 내지 않도록 조심스럽게 점포로 들어가자 [한랭

대미지]의 추가로 인한 추위인지, 아니면 호러 전개 때문에 든 오한인지 모르겠지만, 가볍게 몸이 떨렸다. 나는 더 천천히 입구로 다가가서 조심조심 문을 열어보았다.

그러자 거기에 서 있던 것은——

"우우, 추워! 들어가도 돼?"

"뭐야, 타쿠잖아. 사람 겁주지 마. 올 거면 프렌드 통신으로 메시지라도 달라고."

"윤의 로그인을 확인하고 메시지를 보냈는데, 확인 안 한 건 너잖아."

"어, 진짜로?!"

타쿠의 반론에 다급히 메뉴를 열어보니 분명히 타쿠에게서 메시지가 들어와 있었다.

그 시간에는 금무기를 주괴로 되돌리는 작업에 집중했기 때문에 알아차리지 못했던 모양이다.

"미안, 미처 몰랐네. 그래서 무슨 일이야?"

"일이라고 할 정도는 아닌데, 잠깐 시간이 비었으니까. 간단한 납품 퀘스트를 위한 소재 수집이라도 같이 좀 가자고."

"하아. 그런 거라면 수중의 소재를 나눠줄 테니까."

나는 그렇게 말하고 타쿠를 [아트리엘] 안으로 안내했다.

점포에 비치된 오픈 스토브는 불이 꺼졌기 때문에, 아직 따뜻한 공방으로 안내하여 차를 준비했다.

"자, 이거 마시면 따뜻해질 거야."

"오, 이건 [핫드링크]인가? 마시면 [한랭 내성]이 붙는 건가? 잘 마실게."

갈은 하쿠가 뿌리를 이용하여 다소 매운 맛이 나는 홍차에 벌꿀을 타서 마시기 편하게 한 차를 맛있게 마시는 타쿠를 보고 나도 다소 표정이 풀어져서 내 컵을 입으로 가져갔다.

"그래서 무슨 소재가 필요해? 몹 드랍템? 아니면 광석?"

"아니, 약초 아이템을 부탁해. 윤은 어지간한 채취 포인트를 아니까 모으는 걸 좀 도와달라고 할까 했지."

그렇게 말하며 타쿠가 메뉴를 열어서 보여준 퀘스트들 중에는 내가 이미 클리어한 납품 퀘스트가 줄줄이 있었다.

나는 [아트리엘]의 소재 보관고인 아이템 박스에서 지정 소재를 꺼내어 타쿠에게 트레이드 신청을 걸고 아이템을 건넸다.

그러자 타쿠에게서 10만 G가 제시되어서 나는 거부했다.

"그 소재에 이 정도 가치는 없어. 그러니까 10만 G는 넣어둬."

"내 마음이야. 게다가 이 납품 퀘스트를 클리어하면 퀘스트칩이 3개 들어와. 그걸 생각하면 수고비로 타당한 가격이겠지."

퀘스트칩 1개당 3만 G로 교환할 수 있기 때문에 이 가격이 되었다는 타쿠의 말에 트레이드를 성립시켰다.

그 뒤에 [아트리엘]의 공방을 신기한 눈으로 구경하던 타쿠는 작업을 위해 책상 위에 놓인 금괴를 발견했다.

"어이, 윤. 이 금괴는……."

"오늘 [악마숭배자의 아지트]에서 입수한 무기야. 용케 이만큼 금무기를 모았네. 뭐 좀 알아냈어?"

"나도 잘은 모르겠지만, 그 방만 잠겨 있었으니까 뭔가 의도적으로 배치되었을 가능성이 있겠지. 새로 입수한 정보도 저택 NPC와의 전투는 가급적 삼가라는 이야기니까."

"나도 뮤우한테 그 이야기 들었어. 실제로 그 아지트를 어떻게 탐색하면 퀘스트가 진행되는 걸까?"

탐색이라는 말만으로는 너무 막연해서 뭘 하면 좋을지 나로서는 알 수 없었다.

"일단 2층을 탐색하면 퀘스트 아이템이 들어올지도 몰라. 윤이 그린 저택 겨냥도를 좀 보여주겠어?"

타쿠의 말에 나는 오늘 만든 1층 겨냥도를 꺼냈다.

현관홀을 중심으로 볼 때 왼쪽에는 작은 방이 많이 있고, 오른쪽에는 식당이나 조리장 등 큰 방이 줄줄이 있는 것을 확인했다.

"2층 구조도 1층과 비슷하다고 예상하면, 2층 오른쪽이 퀘스트의 종착점일까?"

"뭐, 정석대로의 흐름이면 그렇겠지. 보스와의 전투에는 넓은 방이 필요하고."

나는 그런 현실적인 말을 하면서 타쿠와 함께 다시금 겨냥도로 시선을 내렸다.

"또 이건 확정정보가 아닌데, 적 NPC에게 들켰을 경우 저택 안의 동료를 불러 모은다나 봐. 그러니까 동료를 부르기 전에 해치우든가, 동료를 부르지 못하도록 구속할 필요가 있다고 해."

타쿠의 말에 나는 턱에 손을 대고 대책을 생각했다.

그렇게 되면 [수면]이나 [기절] 상태이상을 유발하는 포션을 준비할 필요가 있겠다는 생각에 아이템박스에서 그런 아이템을 꺼내다가 도중에 손을 멈추었다.

"아, 저택에서는 활을 쓰기 안 좋으니까 다른 공격수단이 좋을까. 그렇다면 간츠용으로 만들어볼까."

내 장궁은 좁은 통로에서 쓰기에 좋지 않다. 그럼 [던지기] 계열 센스를 가진 간츠가 던지기 편한 도구를 만들자 싶어서 이번에는 철괴를 꺼냈다.

그리고 그 자리에서 철괴와 금괴를 각각 마법로에 녹여서 수십 개의 철과 금의 투척 바늘을 만들었다.

그 바늘에 [합성] 스킬로 상태이상약을 합성하여 [쇠 수면 바늘]이나 [금 기절바늘] 같은 새로운 아이템을 만들었다.

여담이지만 왜 은주괴로 바늘을 만들지 않았냐 하면, 은 아이템에 상태이상약을 합성하면 검게 변색되어 아이템의 공격력이 현저하게 떨어지기 때문이다.

은제 무기는 언데드 계열 몹에게 특히 강한 성능이 있지만, 반면으로 독에 다소 약하기 때문에 그 사정상 제외되었다.

이럭저럭해서 나는 두 종류의 바늘을 만드는 일에 푹 빠졌다.

"윤은 재미있는 걸 하네."

"왓! 미안, 타쿠를 깜빡했네."

나는 타쿠가 있는 걸 잊어버리고 아이템 제작에 열중하고 있었다.

타쿠는 그런 내 모습이 재미있는지 가볍게 웃었다.

"아니, 아주 생생하다고 생각했어. 좀처럼 볼 수 없는 모습을 봐서 좋았어."

타쿠에게 그런 말을 듣고 왠지 부끄러워져서 슬쩍 아래로 시선을 돌리는 나.

"그런 소리를 해도 아무것도 안 나와."

"생각한 바를 말했을 뿐이야."

나는 타쿠의 시선에서 도망치듯이 완성된 바늘다발 중 절반을 타쿠에게 내밀었다.

"절반은 내가 갖고 있을게. 나머지 절반은 타쿠가 갖고 있어."

"알았어."

그러면서 받은 바늘을 인벤토리에 넣은 타쿠는 진지한 표정을 하며 이야기를 돌렸다.

"이번 퀘스트는 무서워하질 않네."

"뭐? 뭘 무서워해?"

질문의 의도를 몰라서 나는 의아하니 되물었다.

"어두운 장소나 호러를 꽤 싫어하잖아? 그러니까 내가 꺼낸 이야기이긴 해도 [악마숭배자의 아지트 괴멸]이란 퀘스트는 어떠려나 싶었어. 하지만 괜찮아 보여서 안심했어."

"타쿠는 착각하나 본데, 나는 어두운 장소나 호러를 죄다 싫어하는 게 아냐."

평소에는 일부러 호러 게임이나 영화를 피하니까 죄다 싫어하는 것으로 보이지만, 또 그렇지도 않다.

"이번 퀘스트는 딱히 호러란 느낌이 아냐. 저택이 어둑어둑하지만, 귀신이 나오는 것도 아니고 보초를 서는 괴물 NPC도 평소에 상대하던 몹이랑 크게 다르지 않아."

"그럼 윤이 생각하는 호러냐 호러가 아니냐의 경계선은 어떤 거야?"

타쿠의 의문에 나는 턱에 손을 대고 생각했다. 여태까지 깊게 생각하지 않았지만, 아마 내 안에서 허용할 수 있느냐 아니냐의 차이는——

"이번 괴물 NPC는 몬스터나 생물 패닉 쪽이니까 세이프. 반대로 보통 NPC라도 이쪽을 슬금슬금 쫓아오는 살인귀 쪽은 안 될까. 또 타쿠가 아는 장르는 별로야."

"좀비나 심령 쪽은 안 되나. 또 체내 던전도 싫어했으니까 그로테스크도 안 되나."

"그래, 그런 느낌."

몬스터나 생물 패닉의 SF 호러로 분류되는 장르는 무서워하기 전에 생각하게 만드니까, 공포를 느끼기 전에 순수하게 즐길 수 있다.

반대로 좀비, 심령, 그로테스크는 생각보다 먼저 본능에 호소하는 공포라서 싫다. 또 놀라게 하는 타이밍도 절묘하니까 심장에 안 좋아서 싫다.

"윤, 요리를 위해 고기를 썰긴 하지만 그로테스크는 안 되나⋯⋯."

"그만둬, 생각나게 하지 마. 내일부터 고기 요리를 못 만들게 되면 어쩔 건데."

타쿠의 말에 내심 싫다는 얼굴로 항의하자, 타쿠가 큭큭 큭 하고 소리 내어 웃었다.

"미안, 미안. 하지만 소꿉친구라도 의외로 모르는 사실이 있어서 놀랐어."

"그야 모르는 게 있지. 가끔은 스스로도 놀랄 때가 있으니까."

처음에는 세이 누나와 만나기 위해 타쿠와 뮤우를 따라 시작한 OSO가 나와 잘 맞아서 이렇게 열심히 할 줄은 몰랐다.

그런 내 생각은 말하지 않았지만, 타쿠는 맞는 말이라며 어깨를 으쓱이고 웃었다.

"뭐, 윤이 이번 퀘스트 공략에서 패닉을 일으키지 않을 거라고 알고 안심했어."

"왜? 그런 것 때문에 일부러 이런 시간에 가게에 온 거야?"

그런 건 내일 학교에서 물으면 되지 않나 생각했는데, 타쿠의 이런 배려가 조금 기뻐졌다.

"그럼, 타쿠. 내일은 잘 부탁한다고 하면 될까?"

"내일도 잘 부탁해, 겠지. 윤이 우리 파티에 들어와서, 앞으로도 잘 부탁해, 라도 나는 상관없어."

"그건 아냐. 나는 혼자서 느긋하게 하는 게 좋으니까."

농담을 주고받으면서 서로의 주먹을 맞부딪치고 웃었다.

그날 나와 타쿠는 그 직후에 로그아웃했지만, 나는 내일 퀘스트에 대한 의욕을 다소 손에 넣은 듯하였다.

4장 악마상과 아지트 괴멸

다음 날, 같은 시간에 다시금 [악마숭배자의 아지트] 앞에 모인 우리는 이번에는 마른 우물을 통해 지하통로를 지나 저택 내부로 침입하였다.

"좋아. 오늘은 2층 쪽을 탐색할 거니까 윤과 간츠, 부탁해."

"맡겨줘!"

마음 편히 엄지를 세우는 간츠의 얼굴을 보고 나는 다소 불안해졌지만, 곧바로 마음을 고쳐먹고 간츠용으로 어제 만든 아이템을 건넸다.

"간츠, 쓸 수 있을 것 같아서 이거 만들어왔는데 어때?"

"뭐야? 윤이 주는 선……물?"

내가 건넨 것은 두 종류의 금속으로 만든 투척 바늘들이었다.

그걸 보고 굳은 간츠와 달리 옆에서 들여다본 미닛츠는——

"이거…… 시끄러운 간츠는 바늘이나 삼키고 입 다물라는 윤의 메시지네."

"그건 빙 둘러서 자해하란 소리?!"

"아니, 그거 아니니까. 간츠는 [던지기] 계열 센스가 있으니까 이 [수면]과 [기절] 상태이상약을 합성한 바늘로 보초 NPC를 무효화할 수 있지 않을까 하는 이야기야."

지금은 [격투] 센스로 통합되었지만 [던지기] 센스에 있던

123

투척 기능에 대응하는 보정은 이어졌을 것이다.

내가 건넨 두 종류의 투척 바늘은 각각 강도 2의 [수면]과 [기절] 상태이상이 합성되었다. 적에게 상태이상의 내성이 없는 경우에는 대략 20초 정도의 시간을 벌 수 있을 것이다.

간츠는 수면바늘 더미에서 몇 개를 뽑아서 손가락 사이에 하나씩 끼우더니 손목의 스냅을 살려서 벽에 대고 던졌다.

소리없이 날아간 바늘은 벽에 얕게 꽂혔다.

"오, 왠지 새로운 격투 스킬의 조건을 충족한 모양이야."

"정말로?! 취득 조건이 뭐길래!"

"어, 하지만 순수한 격투 스킬이 아니라 격투무기 스킬이야. 스킬명은 〈침격〉. 격투 스킬을 보유하면서 찌르기 대미지를 주는 소모무기를 사용한 경우에 취득, 이라는군."

간츠가 새로운 스킬을 배워서 다들 흥분한 가운데, 당사자인 간츠만큼은 미묘한 표정을 하였다.

"왜 그래, 간츠? 모처럼 원거리 공격 스킬을 얻었잖아?"

"원거리 공격이라면 타격이나 발차기를 날리는 스킬이 이미 있으니까 이제 와서 이건 좀 미묘한데."

"뭐, 이번의 이걸로 다른 스킬 취득 조건을 알 수 있을지도 모르잖아."

타쿠가 간츠에게 그렇게 말하는 걸로 이 이야기를 마쳤다.

우리는 1층 현관홀의 완만한 나선 계단을 올라서 드디어 2층 탐색을 시작했다.

"역시 보초 숫자가 1층보다 많아."

작은 목소리를 흘리는 타쿠의 시선 앞에는 괴물로 변한 악마숭배자 NPC가 한 손에 촛대를 들고 순회하였지만, 보초 숫자가 많기 때문에 그 순회 간격이 짧고 6인 파티가 모여서 이동하다간 금방 들키겠다.

"일단 간츠와 윤은 안전지대를 찾아주겠어?"

"알았어. 어디 빈방을 거점으로 하고 조금씩 가자."

나와 간츠로만 선행하여 안전지대를 찾았다.

덫은 [간파] 센스로 회피하면서 나선계단에서 왼쪽 방향으로 제일 가까운 방 앞에 도달했다.

나와 간츠로 그 방의 내부 안전을 확인한 뒤에 계단 밑에서 대기하던 다른 이들에게 신호를 보내어 전원이 그 방 안으로 들어갔다.

"여기를 베이스로 삼고 2층에 있는 퀘스트 정보를 모을 건데, 일단 이 방을 조사할까."

타쿠의 말에 나와 간츠가 일단 안전 확인을 위해 조사한 방을 다시금 뒤졌다.

방 안에는 아이템이나 퀘스트 정보가 없었지만, 가구 등의 오브젝트가 1층과 비교해서 화려해진 느낌이었다.

"1층은 고용인의 거주구역이나 직장이고, 2층이 집주인의 생활공간이라는 설정일까요?"

"그렇다면 1층의 겨냥도로 생각하면 오른쪽에 있을 터인 넓은 공간은 댄스홀이 될까."

마미 씨가 흘린 감상에 내가 직접 그린 겨냥도를 보면서 반응했다.

참고로 순회하는 보초 NPC는 저택 안의 각층을 시계방향으로 도는 모양이라서, 그 흐름에 거슬러서 2층의 지금 있는 방에서 오른쪽 방으로 직접 가는 건 곤란하다.

그러니까 보초의 움직임에 맞추어서 시계방향으로 이동하면서 퀘스트의 힌트를 모아야 한다는 게 개인적인 생각이었다.

"여기에는 아무것도 없다. 그럼 다음에는 윤과 간츠가 근처에서 조사할 수 있는 방을 찾아줘."

"음, 맡겨줘!"

여전히 나를 불안하게 만드는 간츠의 밝은 대답을 들으면서 나는 다음 보초 NPC가 지나가는 것을 발소리로 확인하고 복도로 슬쩍 나갔다.

그리고 보초에게 들키지 않게 그 뒤를 따라 이동하면서 늘어선 방의 문을 하나씩 확인했지만, 1층과 비교해서 많은 방이 잠겨 있었다.

그렇게 잠긴 문 중 하나 앞에서 간츠의 발이 멈추었다.

"윤, 잠깐 기다려주겠어? 시험해보고 싶은 게 있어."

"시험해보고 싶은 거?"

"그래, 어제 윤처럼 번뜩였어."

그렇게 말하고 덫이 없다고 확인한 문 앞에 무릎을 꿇는 간츠.

뭘 하나 의문스럽게 생각하는 내 앞에서 방금 전에 준 쇠

바늘을 꺼낸 간츠는 그걸 힘으로 억지로 구부렸다.

어제는 성공률이 낮은 〈자물쇠 해제〉 스킬로 문을 땄지만, 금속바늘을 휘어서 즉각 피킹툴을 만들어 그걸 열쇠구멍 안에 넣고 문을 딸 생각인 모양이다.

간츠는 잠시 동안 찰칵찰칵 소리내며 자물쇠 해제를 시도했지만, [덫 해제] 센스 레벨이 높지 않은 탓에 즉석 도구를 준비하더라도 익숙하지 않은 도구로는 문이 쉽게 열리지 않았다.

또한 희미한 어둠 속에서의 작업이고, 작은 열쇠구멍에 꽂은 쇠바늘에서 돌아오는 감각만으로는 정보가 없는 상황이라 고전하였다.

"될 것 같은데⋯⋯."

"아니, 시간을 많이 썼어. 여기선 일단 타쿠네가 있는 방으로 돌아가서 다른 안전지대를⋯⋯."

찾자, 라고 제안하려는 때에 복도 안쪽 골목에서 양초 불빛이 나오는 것을 깨달았다.

서둘러 방금 전의 방으로 돌아가야만 한다.

하지만 만에 하나 늦었을 경우, 보초 NPC에게 우리가 그 방에 들어가는 것을 들키게 된다. 그러면 파티 전원이 도망갈 곳 없는 방에서 차례로 모여드는 적 NPC와 싸워야만 한다.

"간츠, 이제 포기해! 바로 돌아가자!"

"조금만 더⋯⋯."

반응이 있었는지, 내가 간츠의 어깨를 두드려도 열쇠구멍에서 손을 떼려고 하지 않았다.

적에게 들킬 것 같은 긴장감 속에서 만에 하나 들켰을 때의 대책을 머릿속으로 짰다.

나타난 보초 NPC만 해치울까. 아니, 꽤 강화된 NPC를 상대로 시간 벌이 정도밖에 못 하겠고, 자칫 이쪽이 먼저 공격했다가 빗나가서 NPC를 더 불러들이게 되면 곤란하다.

그럼 일단 근처의 빈방에 숨었다가 그 뒤에 타쿠 쪽과 합류하면 된다.

아니면 일부러 저택에 장치된 떨어지는 함정을 찾아서 1층으로 떨어져 도망칠까.

보초 NPC가 다가오는 가운데 여러 생각이 머릿속을 스쳤지만, 죄다 간츠가 그 자리에서 움직였을 경우의 이야기다.

문제의 간츠는 아직 문을 여는 데에 집중하였고, 나는 각오를 단단히 하고 아슬아슬한 순간까지 간츠를 믿기로 했다.

그리고——

[너희들, 뭐냐!]

괴물로 변한 NPC의 갈라진 목소리가 울리고, 비대해진 몸에 어울리지 않게 가는 나이프를 로브 밑에서 꺼내고 다가왔다.

그 NPC는 타쿠네가 숨어 있는 방 앞을 지났을 때——몸을 기울이며 쓰러졌다.

"어이, 왜 들키는데?"

방 안에서 대기하고 있었을 타쿠가 기막히다는 듯이 쓰러진 보초 너머에 서 있었다.

그 직후에 간츠의 키핑이 성공하여 찰칵 소리와 함께 잠겨 있던 문이 열렸다.

"일단 이 방을 탐색하자!"

"잠든 NPC가 깨어나기 전에 방 안에 들어가자."

타쿠의 말에 맞춰서 안전지대로 사용했던 방에서 대기하던 일행이 나와서 간츠가 문을 딴 방 안으로 재빨리 들어가는 가운데, 나는 쓰러진 괴물 NPC를 보았다.

그 로브의 등에는 네 개의 쇠바늘이 꽂혀 있고, 그건 어제 타쿠에게도 건네주었던 상태이상약을 합성한 바늘임을 깨달았다.

던져서 대미지를 줄 수 있는 건 [던지기] 계열 센스를 가진 간츠 뿐이지만, 적용되는 센스가 없는 타쿠나 내 경우로도 대미지 판정이 발생하지 않더라도 바늘에 합성한 상태이상의 효과를 발휘시킬 수 있다.

그걸 확인한 나는 일행의 뒤를 따라서 미끄러지듯이 방 안으로 들어가고 문을 닫았다.

그대로 내가 문에 달라붙어서 복도의 소리를 듣자, 타쿠 때문에 의식을 잃었던 보초 NPC를 다른 NPC가 깨웠는지 움직이기 시작한 모양이었다.

"아무래도 꽤 잠드는 모양이네."

"[수면 2]의 바늘이잖아? 그걸 여러 개 찔러서 효과가 중복되었다지만 그 이상으로 깊게 잠든 모양이니까 보초 NPC

는 상태 이상 내성을 낮게 조정했을지도."

보초 NPC의 전투력은 꽤 강하게 설정되었지만, 반대로 상태이상 내성은 극단적으로 낮게 설정된 모양이라는 게 타쿠의 견해였다.

문 너머의 NPC들은 갑작스러운 혼절을 이형화의 부작용이라고 생각했는지, 쓰러진 전후의 기억이 흐릿하다는 대화가 들렸다.

하지만 그보다 중요한 문제가 있었다.

"간츠, 왜 그런 무리를 한 거야! 자칫 들킬 뻔했잖아!"

타쿠가 재치를 부려서 나와 간츠를 발견한 보초 NPC를 재우지 않았으면 다른 NPC까지 몰려와서 포위되었을 가능성이 있다.

거기에 대해서 미닛츠가 간츠에게 화내자, 메마른 웃음을 흘리면서 뒤통수를 긁적이는 간츠.

"아니, 분명히 그렇지만, 이동할 때에 안전지대를 여러 개 갖는 편이 숨기 쉽잖아. 그러니까 가능하면 처음 안전지대에서 조금이라도 가까운 곳에 만들고 싶구나 해서……. 하하하."

그렇게 말하며 미안한 눈치로 웃는 간츠 때문에 독기가 빠진 나와 미닛츠는 말을 잃었다.

일단 파티를 생각한 행동이었기에 심하게 야단칠 수는 없다.

"뭐, 모처럼 들어왔으니까 일단 이 방을 조사한 뒤에 다른 방을 조사할까."

케이의 말에 굳어 있던 우리가 방을 탐색하기 시작했다.

방의 문에 덫이 장치되지 않은 것은 확인했지만, 방 안에 덫이 있을 가능성이 있기 때문에 공들여서 체크했다.

하지만 덫은 발견되지 않았고 대신 어제 입수한 액세서리와 비교해서 더 가치 있는 장비를 발견했다.

"꽤나 쓸 만한 종류의 장비품이군. 이건 퀘스트 후에 분배하기로 하고, 다음은 어쩔까?"

나는 실내 가구인 테이블 위에 겨냥도를 펼쳐 여태까지 이동한 범위와 확인된 문의 숫자 등을 매핑하고 다 같이 그걸 바라보았다.

"간츠가 문을 딸 수 있으니까. 근처의 문이 잠긴 방을 조사할까?"

케이의 제안에 타쿠가 고개를 끄덕이고 간츠를 보았다.

"그래, 하지만 간츠가 또 무리하지 않도록 이번에는 윤만이 아니라 미닛츠도 따라가 줘."

타쿠의 지시에 미닛츠가 끄덕이며 승낙했다.

아까 내가 간츠의 무모한 행동을 막았으면 들킬 리스트를 줄일 수 있었을 거라고 후회했지만, 앞으로는 미닛츠가 간츠의 고삐를 잡아준다기에 조금 안도하였다.

그리고 다음 보초 NPC가 우리가 있는 방의 문 앞을 지나간 후에 나와 간츠와 미닛츠가 재빨리 복도로 나가서 제일 가까운 잠긴 문을 열었다.

두 번째인 탓에 익숙해지기도 했고 센스 레벨이 오른 덕에 간츠는 아까보다 짧은 시간에 문을 딸 수 있었다.

그 방은 저택 밖을 경계하는 악마숭배자 NPC가 있던 현관 위의 베란다로 이어지는 방이 옆에 있고, 일부 벽지가 벗겨진 장소에는 구멍이 뚫려서 옆방의 상황을 엿볼 수 있었다.

나와 간츠가 구멍을 들여다보고, 다른 이들은 벽에 귀를 대고 순회하는 보초 NPC와의 접촉 대화를 들을 수 있었다.

[교주님의 힘 때문에 이런 모습이 되었지만, 아직 제대로 힘이 안 나는 모양이다. 때때로 기억이 혼탁해.]

[교주님의 말씀으로는 차츰 힘이 정착한다는 모양이야. 하지만 너무 무리는 하지 마.]

[알고 있어. 하지만 다음 악마소환 의식을 성공시키기 위해선 지금이 중요해. 그보다 그쪽에는 이상 없나?]

[음, 때때로 주위를 캐고 다니는 인간이 침입하긴 하지만, 이 [주박의 방울]의 힘으로 못 움직이게 하고 밖으로 던지고 있어.]

그렇게 말하며 두 개의 방울이 끈에 묶여서 매달린 지팡이를 쳐드는 베란다의 NPC. 저게 현관에서의 침입을 막는 원인인 모양이다.

그 뒤에 업무적인 대화를 나누고 제각각 경계임무로 돌아가는 악마숭배자 NPC들.

그걸 지켜본 우리는 머리를 맞댔다.

"퀘스트가 진행되었어. 지금 대화로 최소한 필요한 정보가 갖추어져서 플래그가 성립되었겠지."

───[체인 퀘스트 ─ 악마숭배자의 아지트 괴멸]───
악마소환 의식장에 돌입해라── 3 / 4

진행된 퀘스트의 내용에는 악마소환 의식장이 있다고 나왔을 뿐이지, 아직 정보가 부족했다.

그건 타쿠도 느꼈는지 일동을 둘러보고 발언했다.

"나로서는 놈들이 하려는 악마소환 의식에 대해 자세히 알기 위해서 정보를 모아야 한다고 생각해."

"좋지 않을까? 아직 조사하지 않은 방이 있고."

가벼운 분위기로 긍정하는 나와 마찬가지로 다들 악마소환 의식의 정보를 모으는 데에 찬성했다.

그 뒤에도 보초에게 들키지 않도록 신중하게 문이 잠긴 방을 열고 다닌 결과──

· 악마소환 의식은 매개체에 영체 상태인 악마를 소환하여 빙의시키는 것

· 괴물로 변한 NPC는 저급 영체 악마를 빙의시킨 것

이런 두 가지의 새로운 정보를 얻었다.

하지만 우리가 찾는 소환의식의 방해방법이나 괴물로 변한 NPC에게 빙의한 영체 악마를 빼내어 약화시키는 방법, 또 적의 약점 같은 정보는 찾을 수 없었다.

그리고 또 다른 정보를 얻으려고 다시금 나와 간츠와 미

닛츠가 선행하고, 간츠가 다음 방의 문을 딴 순간 저택 전체에 경보가 울려 퍼졌다.

드높은 인공음에 우리는 반사적으로 문에서 떨어지고 미닛츠가 간츠를 보았다.

"간츠, 너 또 덫을 놓쳤구나."

"미닛츠, 그건 아냐. 나도 확인했어. 아무튼 다시 타쿠네가 있는 데로 돌아가자."

간츠 자신은 자기가 경보를 울렸다는 생각에 보기 드물게 창백한 얼굴이었다.

우리는 재빨리 타쿠네가 기다리는 방으로 돌아와서 경보가 그치기를 기다렸지만, 그럴 분위기가 없었다.

복도의 낌새를 확인하려고 문에 귀를 대고 있던 간츠가 바깥 상황을 전해주었다.

"……왠지 방을 구석구석 다 뒤지는 것 같아. 문을 여닫는 소리와 복수의 발소리가 들려."

"하아, 설마 이런 덫이 있었다니……."

타쿠는 이마를 누르며 깊이 한숨을 내뱉었고, 나는 그런 타쿠에게 물었다.

"타쿠, 뭐 짚이는 거라도 있어?"

"우리는 정보를 모으기 위해 여러 방의 문을 열었는데, 연문이 일정 숫자를 넘으면 경보가 울리는 구조였나 봐."

아마 그런 식으로 무경험자를 박살 내는 기믹이라고 말하는 타쿠.

그리고 복도의 기척을 캐던 간츠는 서서히 NPC가 이 방으로 다가온다고 전하였다.

그 말에 각오를 다졌는지 표정을 굳힌 타쿠가 인벤토리에서 어떤 아이템을 꺼냈다.

그건 제1마을 도서관 지하에서 발생한 퀘스트의 보수였다.

지혜의 보물이라고 불리는 아이템——[오라클 오브]다.

질문에 대해 힌트를 얻을 수 있는 아이템을 꺼낸 타쿠는 그 구슬에게 질문했다.

"——[우리가 이 궁지를 탈출할 방법을 가르쳐줘!]"

나는 [오라클 오브]를 사용하는 순간을 처음 보았는데, 빛나는 오브는 빛의 입자가 되어 기계적인 말을 하였다.

[——복도 막다른 곳에 활로가 있도다.]

그 말만을 남기고 빛의 입자는 사라지고 나는 멍하니 그 광경을 보았다.

"윤, 겨냥도 빌려줘!"

"아, 알았어!"

나는 손수 그린 겨냥도를 펼쳐서 타쿠에게 보여주었다.

그걸 둘러싸고 1층의 완성도와 2층의 탐색을 마친 범위의 겨냥도를 비교하며 힌트로 나온 장소를 좁혔다.

그 장소는 이 방 밖의 복도를 오른쪽으로 나아가서 한 통로와 교차한 다음의 막다른 곳이었다.

"이대로 여기에 있다간 결국 발각돼. 바로 복도를 나가서 안쪽의 막다른 곳까지 간다!"

타쿠의 판단에 전원이 고개를 끄덕이고 문 뒤에 대기했다.

그리고 간츠의 신호에 맞춰서 단숨에 문을 열고 튀어나 갔다.

[너희들, 어디서 들어왔지?!]

한 괴물 NPC가 바로 근처에 있었지만, 방을 뛰쳐나가는 동시에 간츠가 상태이상약을 합성한 바늘을 던져서 잠시나마 시간을 벌어줘서 우리는 그 틈에 단숨에 복도 안쪽으로 달려갔다.

도중에 십자로 교차하는 복도 좌우를 보니 왼쪽은 베란다로 통하고, 오른쪽에는 괴물 NPC 둘이 경비를 서는 커다란 문이 있었다.

경계상태였던 적 NPC들은 우리를 보자 다급히 달려왔다.

"붙잡힐 수는 없지! ——[클레이 실드]!

복도 끝의 막다른 곳에 도착하자 나는 돌아보며 매직젬을 뿌려서 적 NPC들을 저지하기 위한 삼중의 흙벽을 만들었다.

일단 그 흙벽에 가로막힌 적 NPC들이 곧바로 벽 너머에서 흙을 부수는 소리가 울리고, 우리는 완전히 갇혔다.

[오라클 오브]의 힌트인 활로를 그 자리에서 필사적으로 찾는 우리.

"없어?! 뭐 없어?!"

타쿠가 막다른 곳을 둘러보았지만, 거기에는 1층의 겨냥도에도 아무것도 없던 데드 스페이스였다.

하지만 그 데드 스페이스에 의미가 있다면?

나는 겨냥도를 꺼내어 1층 부분과 비교했다.

내 보폭을 써서 1층 부분과 비교하자 아무래도 이쪽이 살짝 짧았다.

그리고 주시하지 않으면 [간파] 센스가 반응하지 않을 만큼 미세한 반응을 찾았다.

"타쿠, 여기야! 이 벽 너머에 공간이 있어!"

"여기라니…… 이 벽?! 하지만 어떻게 들어가지?!"

타쿠는 내가 가리키는 벽을 두드려서 울리는 소리의 차이를 확인했지만, 그래도 침입방법을 알 수 없었다.

"타쿠! [오라클 오브]를 한 번 더 써서 들어갈 방법을 물어!"

벽을 어깨로 밀던 케이가 소리쳤다. 거기에 대해 타쿠도 마찬가지로 벽을 밀면서 목청 높여 답했다.

"그건 하나밖에 없어!"

간츠가 [덫 해제] 센스의 도움을 받아 벽을 조사했지만, 아무것도 찾을 수 없었다.

캉캉 흙벽을 부수는 배후의 소리에 초조함을 느끼면서 나와 미닛츠, 마미 씨가 거리를 벌리고 뭔가 없는지 찾을 때 마미 씨가 뭔가를 발견했다.

"저거…… 뭔가 이상해."

그렇게 말하며 가리킨 곳에는 복도 벽에 같은 간격으로 배치된 촛대가 있었지만, 왜인지 거기 하나만 옆으로 90도 방향으로 비틀려 있었다.

나는 조심조심 그 촛대를 만지고 본래 방향으로 되돌렸다.

그러자──찰각 하는 소리와 함께 모두가 밀던 벽이 옆으로 빙글 회전했다.

"열렸나! 다들 뛰어들어!"

타쿠는 그대로 덫인지도 확인하지 않고 비밀문 안으로 들어갔고, 간츠와 케이 등도 이어서 들어갔다.

마치 닌자 저택의 비밀문 같다고 생각하면서 나와 미닛츠, 마미 씨도 그 안에 들어가서 벽을 한 바퀴 돌려서 원래대로 되돌렸다.

그 뒤에 다시금 찰각 소리가 나자 벽도 고정되었다.

동시에 벽 너머에서는 매직젬이 만든 흙벽을 부수고 단숨에 밀려든 적 NPC들이 잠시 동안 그 자리를 뒤진 끝에 물러가는 발소리가 들렸다.

●

"휴우, 위험했어. 필요 이상으로 방을 열면 경보가 울리게 설정한 놈은 대체 누구야?"

"그건 OSO 운영이잖아. 하아, 무경험자 고생시키고 있어."

간신히 비밀문을 지나서 NPC들을 넘겨서 단숨에 기운이 빠진 간츠와 미닛츠의 말에 나도 근처 벽에 몸을 기대고 힘없는 쓴웃음을 지었다.

조금 진정이 된 뒤 비밀문 옆에 박힌 수정구슬을 통해 밖을 확인했지만, 우리를 쫓았던 적 NPC는 이미 없고 경보도 그쳤다.

"일단 안심일까."

그렇게 중얼거리고 미닛츠의 빛 마법으로 만든 빛구슬의 불빛을 의지하여 주위를 조사하자, 비밀문의 이쪽은 방이었고 간단하게 몇 개의 가구가 있으며 안쪽으로 이어지는 통로가 존재했다.

그리고 방 안의 테이블 위에 놓인 낡은 종이 한 장을 발견한 타쿠는 그것을 손에 들고 자신만만한 웃음을 지었다.

"이 비밀방의 아이템은 이거군."

그렇게 말하며 보여준 종이에 기록된 내용에 나는 눈을 치떴다.

"이건 이 저택의 겨냥도인가! 그것도 완전한 형태!"

나는 내가 만든 겨냥도와 비교했다.

나도 꽤나 정확하게 그린다고 그렸지만, 일부 부분에서도 비밀방이 존재하는데 그걸 놓쳤다.

그리고 이 아지트의 대단한 점은 이 비밀방이 다른 방과 통한다는 점이다.

일부 비밀방은 물론이고 도망칠 때 보았던 2층의 보초 NPC가 서 있는 방이나 복도, 오른편의 퀘스트 종착점인 듯한 커다란 방으로 직접 나가기 위한 비밀문의 존재 등을 알았다.

"하아, 이런 아이템이 있다니. 그거랑 비교하면 내 겨냥도는 부정확해."

"무슨 소리야. 그쪽도 충분히 가치가 있어."

"아니, 윤! 확실히 불완전해도 거리감 같은 건 알기 쉬우니까!"

"케이, 마미 씨, 위로 고마워."

미간에 주름을 만들면서 나를 위로하는 케이와 황급히 말을 걸어오는 마미 씨였지만, 내가 미소를 지으며 그렇게 대답하자 왠지 다들 기막히다는 분위기를 하였다.

"애초에 지도나 겨냥도를 정확하게 만들 수 있는 플레이어 스킬 자체가 희소해."

그렇게 말하면서 기운을 북돋워주려고 내 등을 가볍게 두들기는 타쿠에게 나는 불만이라는 듯이 답했다.

"하려고 하면 아무나 할 수 있잖아. 종이랑 펜이 있으면……. 아니, 다들 못 해?"

나는 고개를 갸웃거리면서 모두에게 물었지만, 다들 고개를 내저었다.

"할 수 있는 사람은 극히 일부의 검증을 좋아하는 플레이어뿐이야. 지금은 길드 [팔백만] 같은 톱 길드가 미탐색 에어리어를 효율적으로 공략하기 위해서 지도 제작 스킬을 가진 플레이어를 키우고 있을 정도라고."

여기에 와서 새로운 사실을 발견하는 동시에 내 안에 두 가지 감정이 생겨났다.

내 지도 제작 능력이 퀘스트 공략에 필요한 풍요한 플레이어 스킬이라고 평가 받아서 기쁜 반면, 그걸 살리려면 적

극적으로 미탐색 에어리어나 퀘스트 공략에 참가해야만 하기 때문에 느긋한 플레이를 하고 싶은 나로서는 기운이 빠졌다.

"그보다 왜 윤이 지도 제작 플레이어 스킬을 가졌는지 신기해."

"타쿠 때문이야! 오토 매핑 기능이 없는 고전 게임을 거들게 했잖아!"

"아, 그때 말인가!"

한때 고난이도 게임에 빠졌던 때에 몇 번이나 고전 게임을 사온 타쿠 때문에 그 공략을 거들게 된 적이 있었다.

타쿠가 고전 던전 게임을 몇 번이나 죽어가면서 공략하는 옆에서 내가 학교 숙제와 병행하며 지도를 만들고 아이템 정보나 NPC의 말을 메모한 것을 떠올렸다.

"예이, 예이. 두 사람의 추억담은 궁금하지만, 그 정도로 하고 퀘스트를 재개할까."

"어?! 그랬지!"

미닛츠의 말에 나는 본래 해야 할 일을 떠올리고 타쿠에게 겨냥도를 돌려주었다.

"아무튼 보초가 있는 방 뒤까지 이동할까. 비밀통로에는 덫이 없는 모양이니까."

겨냥도를 보면서 선두에 서서 걷는 타쿠.

아직 덫이 없다고 확정된 게 아니라고 생각하면서 어두어둑한 비밀통로를 [하늘의 눈]과 [간파] 센스로 경계하면서 나아갔다.

한동안 전진해서 무사히 보초가 서 있는 방의 뒤로 돌아온 우리는 거기의 비밀문으로 다가가서 타쿠가 실내 상황을 구멍의 수정구슬로 확인하고 다른 모두는 귀를 기울였다.

[중요한 의식 전입니다. 뭘 하는 겁니까!]

[죄송, 합니다, 교주님.]

분노한 남성의 목소리에 이어서 사죄하는 NPC의 목소리가 들렸다.

[소환의식에 필요한 고귀한 혈통의 여성을 유괴하는 것도 실패하고, 거기다가 아지트에 침입자를 허락한 끝에 놓쳐버렸죠. 이래서는 예정대로 계획을 진행할 수가 없습니다.]

교주라고 불린 남성은 짜증을 내면서 혼자 중얼거리고 심호흡을 거듭하여 진정을 되찾았다.

[뭐, 좋습니다. 제물은 없어도 이 저택에는 악마에 씐 신자들이 많이 있죠. 저택에 가득한 어둠의 기운을 이용하면 상위 악마도 불러낼 수 있겠지요.]

"뭐, 이런 식으로 계획을 수정하는 패턴은 실패나 폭주 플래그지."

간츠의 혼잣말에 모두가 쓴웃음을 지으면서, 혼잣말을 거듭하는 교주에게서 퀘스트의 정보 수집을 계속했다.

[나는 이제부터 의식의 장으로 가겠습니다. 호위를 맡은 자들 이외에는 1층 식상에서 어둠의 기운을 바치세요. 나는 그걸 모아서 2층 댄스홀에서 소환 의식을 하겠습니다.]

[알겠습니다, 교주님.]

그렇게 말하고 부하인 듯한 남자는 방에서 나간 모양이었다.

[크크큭, 나도 의식 준비에 착수해야지.]

그렇게 말하고 교주도 방을 나갔다.

그리고 수정구슬 구멍을 엿보던 타쿠는 방 안의 상황을 가르쳐주었다.

"방에 아무도 없어. 그리고 아까 이야기를 듣기론 저택 내부를 경비하던 괴물 NPC가 1층 식당으로 모인 동안 자유롭게 움직일 수 있겠지?"

"아니, 보초가 괴물 NPC에서 보통 악마숭배자 NPC로 바뀌었을 뿐일지도 몰라. 하지만 의식장은 알았어."

타쿠가 가진 낡은 겨냥도에 따르면, 1층 동쪽에 있는 넓은 식당의 바로 위는 댄스홀이다. 또 지금 있는 비밀통로는 거기까지 통하기 때문에 여기서 즉각 의식장으로 갈 수 있다.

하지만 그 전에——

"훔칠 수 있는 건——훔친다."

타쿠의 말과 함께 비밀문을 열고 빈 방 안에 들어가서 실내를 뒤지기 시작했다.

"왠지 나도 물든 것 같은데. 아, 타쿠. 그 서랍은 이중바닥이니까 간츠한테 맡기는 게 좋아."

"알았어. 간츠, 이거 좀 부탁해."

타쿠와 간츠는 서랍의 이중바닥 뒤에서 작은 구멍을 찾아내고 거기에 금속 바늘을 넣어 밑에서 들어올리는 것으로 숨겨진 보석상자를 찾아냈지만, 타쿠는 안을 확인하지 않고 인벤토리에 갈무리했다.

"잠깐, 케이. 여기 책장 뒤에 비밀 금고를 찾았는데, 열 시간이 없으니까 부수는 것 좀 도와주겠어?"

"알았어. 흠!"

미닛츠와 케이는 공구상자 같은 작은 금속금고를 메이스나 검으로 깨뜨려서 안에 있던 아이템을 회수하였다.

나도 마미 씨와 함께 방 안을 뒤져서 비싸 보이는 액세서리나 보석 등, 환금성이 좋은 아이템이나 현금을 발견했다.

객관적으로 보면 어느 쪽이 악당인지 알 수 없는 행위에 시선을 흐리면서도, 그리 오랜 시간을 들이지 않고 값진 아이템을 회수할 수 있었다.

여기는 이 아지트의 중요한 방인지 NPC의 정보만이 아니라 아이템도 충실했지만, 아이템 확인을 뒤로 미루고 비밀통로로 돌아와서 의식장인 댄스홀 앞까지 도달했다.

"이미 의식이 시작된 모양이군."

다른 비밀문과 마찬가지로 바로 옆에 있는 수정구슬 구멍을 통해 안을 확인하니, 이쪽에 등을 돌린 교주와 괴물 NPC들이 보였다.

그 NPC들 너머의 댄스홀 바닥에는 오망성 마법진이 그려져 있고, 그 중앙에는 검은 석재로 만들어진 거친 얼굴의 악마상이 설치되어 있었다.

교주 NPC는 무슨 주문을 외우고, 경비인 듯한 괴물 NPC 둘에게서는 보라색의 연기가 피어났다. 또 방 바닥에서도 마찬가지로 보라색 연기가 피어올라서, 그것들은 마법진에 모이고 있었다.

"저게 어둠의 기운인가. 그럼 돌입과 동시에 호위 NPC 둘을 즉각 무력화. 그 뒤에 교주 NPC를 막아서 퀘스트 달성이군."

타쿠의 말에 전원이 고개를 끄덕이고, 타쿠가 비밀문에 손을 댔다.

"간다――"

작은 신호와 함께 타쿠가 확 문을 열고 일제히 댄스홀로 뛰어들었다.

"〈인챈트〉――어택, 디펜스, 스피드!"

괴물이 된 NPC들을 향해 달려가는 타쿠, 간츠, 케이의 등을 향해 나는 삼중 인챈트를 걸었다.

단숨에 신래를 달려간 세 사람이 상대가 이쪽에게 반응하기 전에 호위 NPC 하나를 베어서 무력화시켰다.

이어서 다음 호위 NPC가 움직이기 전에 이쪽의 후위가 움직였다.

"하압――〈에어로캐논〉!"

"――〈매드풀〉!"

나비 씨가 날린 불가시의 공기포가 두 번째 괴물 NPC를 후려쳐서 날려버리고, 그렇게 쓰러진 바닥에 내가 진흙탕을 만들어서 발을 묶었다.

드러누워 쓰러진 괴물 NPC의 거대해진 몸을 발판으로 삼아 밟은 케이가 진흙탕의 영향을 받지 않고 그 목을 베듯이 검을 뻗었다.

"이걸로 호위는 처리했군. 남은 건 교주뿐이야!"

괴물로 변한 호위 NPC 둘이 쓰러져서 놀란 듯이 눈을 치뜨는 교주.

이 녀석을 해치우면 의식을 중지할 수 있고, 악마숭배자의 아지트를 괴멸시킬 수 있다. 나는 그렇게 생각했다.

하지만 쓰러진 호위 NPC의 몸에서 더욱 진한 보라색 연기가 뿜어져 나와서 마법진에 흡수되었다.

"쿠하하하! 빙의체가 쓰러지는 바람에 빙의했던 하급 악마가 빠져나와서 그대로 의식의 제물이 되었나! 이걸로 고위 악마를 부를 재료는 갖추어졌다!"

환희의 소리를 지르는 교주와 함께 퀘스트가 진행되었다.

──[체인 퀘스트 ― 악마숭배자의 아지트 괴멸]──
불러낸 악마를 퇴치하라 ── 4 / 4

전 단계 퀘스트는 의식장에 돌입하라는 내용이었다. 즉, 악마를 소환되는 건 기정노선이었던 모양이다.

의식장인 댄스홀에 충만한 보라색 연기를 급속히 빨아들인 오망성 마법진이 한층 요사스럽게 빛나고, 중심에 설치된 검은 악마상에 힘을 주는 듯했다.

그리고——

[쿠어어어어!]

갑자기 검은 석상이 가슴을 젖히고 날개를 펼치고 발톱을 세우며 포효를 질렀다.

"후하하하하! 의식은 성공이다! 가라, 가고일! 시작으로 저기 있는 침입자들을 배제해라!"

움직이기 시작한 악마상에게 손짓으로 이쪽을 공격하라고 지시를 내리는 교주.

악마상은 돌날개를 펄럭거리며 도약해서 전위와 교주 사이에 내려섰다.

"가고일은 게임의 피라미급 적인데, 너는 어떨까!"

타쿠가 두 자루 장검을 교묘히 다루어서 연속으로 공격했지만, 악마가 깃든 석상은 한층 더 단단해진 건지 타쿠의 공격을 튕겨냈다.

"큭! HP가 전혀 줄어들지 않아!"

"다음은 나다! 검이 안 된다면 타격이다!"

가고일의 뒤로 돌아가서 날개뿌리에 돌려차기를 넣는 간츠. 또한 연속으로 주먹으로 타격을 날렸지만, 오히려 반동으로 간츠 자신이 대미지를 입었다.

"아야야야야!"

"아니, 뭐하는 거야. ——〈하이 힐〉!"

미닛츠의 회복마법으로 간츠의 HP를 회복했지만, 타쿠와 간츠의 공격 대미지가 가고일에게는 전혀 들어가지 않았다.

그리고 타쿠와 간츠의 공격을 아랑곳하지 않은 가고일이 이번에는 왜인지 케이 쪽을 돌아보자, 케이가 경계하여 방패를 들었다.

[쿠오오오오——]

"큭…… 일격이 무거워!"

돌날개를 펼치고 바닥 아슬아슬한 높이를 미끄러지듯이 돌격해 오는 가고일을 정면에서 방패로 받아내는 케이.

"케이! ——〈에어로캐논〉!"

가고일의 돌격 직후의 경직시간에 마미 씨가 불가시의 공기포를 날렸지만, 한층 단단해진 돌로 된 몸 앞에 흩어져서 유효타가 되지 않았다.

검이나 타격 같은 물리공격에 마미 씨의 마법공격까지 버텨내는 몸을 보고 전원이 가고일과 거리를 벌렸다. 타쿠가 그 능력을 분석하여 말했다.

"방어력이 너무 높아. 일반적으로 공격하면 쓰러질 때까지 몇 시간 걸릴지 모르겠어. 그 이전에 무기가 먼저 망가지겠지. 뭔가 특수한 기믹이 필요할 거야. 시간, 아니면 조건."

"뭐, 아무튼 후위는 내가 지켜보지."

"좋아. 내가 시간을 벌지. 그보다 먼저 저 교주라는 NPC를 쓰러뜨려도 된다면 노리자고."

타쿠는 작전을 따면서 양손의 장검을 고쳐들고, 케이는 후위를 지키기 위해 장면에서 방패를 들었다. 간츠는 그 자리에서 가볍게 점프를 거듭하면서 몸의 긴장을 풀었다.

"자, 간다!"

""──오옷!""

타쿠의 호령에 세 사람이 동시에 달려갔다. 타쿠가 말하는 가고일을 쓰러뜨리는 기믹을 찾아내기 전까지는 계속 힘든 싸움이 될 가능성이 있지만, 즐거운 눈치로 가고일에게 향하는 세 사람의 모습에 나나 미닛츠, 마미 씨는 쓴웃음을 지었다.

"자, 우리도 마법사로서 원거리에서 공격해볼까요."

"그래요. 전위에게만 맡겨둘 순 없지요!"

미닛츠와 마미 씨도 기운을 내고 각각 마법을 준비했다.

나는 거기에 맞추어 가고일의 약체화를 노렸다.

"〈커스드〉──디펜스, 마인드!"

"가랏! ──〈라이트 숏〉!"

"──〈프레임서클〉!

내 커스드를 받아서 약해진 가고일에게 미닛츠의 광탄과 마미 씨의 수렴된 화염고리가 덮쳐들었다.

하지만 두 사람의 마법공격을 맞아도 가고일은 거의 멀쩡했고 반격의 틈을 주지 않기 위해 공격한 타쿠의 검도 유효타가 되지 않았다.

마미 씨는 소지한 여러 속성의 마법공격으로 대미지 차이를 확인했지만, 그중 어느 것도 극히 미량의 대미지밖에 들어가지 않았다.

"타쿠나 마미 씨처럼 강한 위력은 없지만, 나도 공격에 가담할까!"

그런 마음을 담아서 나도 여러 종류의 상태이상 화살을 날렸지만, 돌로 된 몸에 죄다 튕겨났다.

이렇게 되면 가고일에게 지시를 내린 교주를 노릴 수밖에 없다.

"타쿠! 교주 쪽을 노려! 그쪽으로 반응의 차이를 확인해!"

"뭐, 이만큼 가고일에게 공격이 통하지 않으면 그 녀석에게 지시하는 놈을 뭉개는 게 정석이겠지! 간다, 간츠!"

타쿠는 케이와 정면에서 교전하는 가고일을 무시하고 그 뒤에 있는 교주를 노리려고 했다.

그걸 느낀 교주는 가고일에게 새로운 지시를 내렸다.

"가고일! 나를 지켜라!"

[쿠워어어어어어!]

교전하던 케이에게서 거리를 벌리고 도약하여 돌날개로 활공, 타쿠와 간츠 앞에 미끄러져 들어가는 가고일.

보통 적이라면 어그로가 높은 플레이어를 우선해서 공격하는데, 가고일은 그와 다른 원리로 움직이는 모양이라 싸우기 껄끄럽다.

교주를 지키려고 움직이는 가고일은 그 높은 방어력을 가진 돌로 된 몸으로 이쪽의 공격을 막아내고 반격으로 묵직한 일격을 날린다.

또 가고일은 움직임도 민첩하기 때문에 타쿠나 간츠의 아츠 발동을 족족 막고, 두 사람이 참격이나 타격을 날리는 원거리 공격계 아츠로 교주를 노리려고 해도 원거리 공격에 필요한 준비 시간에 사선상에 들어가서 그 몸으로 막았다.

"이렇게 되면 우리가 노리자!"

나, 미닛츠, 마미 씨도 마찬가지로 가고일의 후방에서 지시를 내리는 교주를 노렸지만, 가고일에 자유자재로 움직이는 돌날개가 원거리에서의 공격을 받아 내어서 교주에게 일절 대미지가 들어가지 않았다.

갑자기 가고일과의 거리가 벌어진 케이도 있고, 교주고 가고일의 뒤로 물러나서 더욱 거리를 벌렸기 때문에 전투의 분위기가 다시금 정리되었다.

"큭, 이거라도 먹어!"

그런 가운데 될 대로 되라는 듯이 간츠가 교주 쪽으로 뭔가를 던졌다. 하지만 그건 가고일의 돌날개에 가로막혔다.

하지만 그 행동이 이 자리를 돌파할 기믹을 발견하는 실마리가 되었다.

●

"틀렸어. 어떻게 해도 가고일을 쓰러뜨릴 수 없어."

거의 모든 공격을 막아내는 돌의 몸을 가진 가고일에게 몇 번이나 공격을 가해도 HP의 1할도 깎지 못했다. 날개를 가지고 자유롭게 행동하기 때문에 댄스홀 바닥에 매드풀을 만들어도 쉽사리 피해버렸다.

그 외에도 샹들리에를 떨어뜨려서 움직임을 막는다든가, 특수한 아이템이나 바닥의 마법진이 공략의 열쇠가 되지 않을까 싶어서 주위를 둘러보았지만, 딱 하고 오는 물건은 존재하지 않아서 드디어 수가 없어졌을 때——그것이 눈에 들어왔다.

"……뭐지? 저건?"

가고일의 돌날개에 뭔가가 꽂혀 있었다. 그것은 아주 가늘고 미덥지 않지만, 분명히 철벽의 방어력을 자랑하는 가고일의 돌날개에 꽂혀 있었다.

"저건, 바늘……?"

간츠에게 준 상태이상약을 합성한 투척 바늘이었다.

"찌르기 공격이 유효? 아니, 내 화살은 안 꽂혔으니까 그건 아냐. 그럼 뭔가……."

[하늘의 눈]을 최대한 활용하여 돌파구를 찾았다. 그리고 찾았다——

"……그래. 무기의 소재에 따른 특수 효과인가."

간츠가 던진 바늘 안에 쇠로 된 바늘은 튕겨서 바닥에 떨어졌지만, 금으로 된 바늘은 가고일의 몸에 꽂혔다.

그러고 보면 여기 1층에 대량의 금무기가 있었다.

그 외에도 이 댄스홀을 둘러보면 금촛대가 있고, 황금검 등이 벽에 장식되어 있었다.

"그 추리를 확인해보기 위해서 이걸 쓸까."

저택 1층에서 발견한 금무기를 주괴로 되돌릴 때에 남겨 둔 금화살이다. 실용성이 없다고 생각했던 소모품을 활에 메기고 가고일을 겨누었다.

"〈인챈트〉──어택, 스피드."

여태까지 한 번도 회피행동을 취하지 않았던 가고일의 정중선을 겨누어서 시위를 당겼다.

"──〈궁기 ─ 단발꿰기〉!"

아츠로 강화된 금화살이 넓은 댄스홀 안을 날아가고, 전위 멤버들과 맞서던 가고일에게 육박했다.

그리고 날아드는 금화살을 느낀 가고일은 여태까지 보이지 않았던 움직임으로 화살을 피해서 전위들과 크게 거리를 벌렸다.

"공격을…… 피했어?"

가고일이 취한 최초의 회피행동에 아연해진 타쿠에게 나는 목청을 높였다.

"그 녀석의 약점은 금으로 된 무기야! 언데드에게 은무기가 유효한 것처럼, 그 녀석에게는 금무기가 유효해!"

나는 아츠의 대기시간이 끝난 뒤에 곧바로 가고일을 향해 금화살을 연속으로 날렸다.

하지만 DEX를 높여서 명중률을 높인 내 화살도 댄스홀 안을 자유롭게 날아다니는 가고일은 족족 피해냈다.

"금무기로는 대미지가 들어가지만 직접 공격 한정이야. 날고 있어서 공격이 안 맞으면 어떻게 할 수도 없어!"

옆에서 빛 마법을 연사해대는 미닛츠도 무기를 도금 메이스로 교체하여 마법을 날렸지만, 가고일은 그 공격을 피하지 않고 돌로 된 몸으로 받아냈지만 HP가 전혀 줄지 않았다.

아무래도 미닛츠의 말처럼 금무기의 특수효과는 직접 공격이 아니면 안 되는 모양이다.

원거리에서 유효한 미닛츠와 마미 씨의 공격에는 그 효과가 실리지 않고, 근거리 공격 주체인 전위도 하늘을 나는 상대에게는 공격할 수가 없다.

"윤! 교주를 노려! 가고일은 반드시 지키러 갈 거야. 그걸 이용해!"

"알았어!"

내가 재빠르게 실내를 날아다니는 가고일에게서 교주로 표적을 바꾸자, 그걸 감지한 가고일은 최단거리로 그 사선상에 들어와서 교주 NPC를 감쌌다.

그리고 날아간 금화살이 가고일의 몸에 깊이 꽂히자, 여태까지 한 공격 중에서 가장 현저한 HP 감소를 보였지만, 그래도 1할도 못 깎았다.

"좋아, 우리 차례다!"

금검으로 바꿔든 타쿠와 케이가 바닥에 내려온 가고일을 공격했지만, 곧바로 피해버렸다.

간신히 돌파구를 찾을 수 있었지만, 그래도 아직 부족하다.

"저기, 윤. 뭐 쓸 만한 금도구 없어?"

"쓸 만한 금도구……라고 해도 어제 금화살 말고 다른 무기는 죄다 금괴로 만들었으니까……."

"어, 그 금괴, 지금 갖고 있으면 좀 보여줘."

나는 왜 그런 말을 하는 건지 의문스럽게 생각하면서 인벤토리에 넣어두었던 금괴를 꺼내어 미닛츠에게 건넸다.

그걸 받은 미닛츠는 가는 팔로 그 무게와 크기를 확인하더니 고개를 끄덕였다.

"윤, 나한테 물리공격 인챈트 좀 걸어줄래? 그리고 이 금괴 좀 잠깐 빌릴게."

"어? 어, 알았어. 〈인챈트〉──어택."

내가 의문스럽게 생각하면서도 부탁하는 대로 인챈트를 걸자, 미닛츠는 금도금 메이스에서 다시금 무기를 바꾸어서 이번에는 중량감 있는 흑철 메이스를 꺼냈다.

그걸 야구의 타자 같은 포즈로 든 미닛츠는 한 손으로 무거운 금괴를 하늘로 던지더니 재빨리 메이스를 두 손으로 고쳐들고 풀스윙했다.

"아니! 뭐야, 그거?!"

휘두른 메이스는 금괴의 중심을 정확히 맞추어서 공기저항을 받아 종회전하면서도 똑바로 교주에게로 날아가는 금괴.

그리고 교주를 감싸기 위해 그 사선상에 뛰어든 가고일의 배에 금괴가 꽂혔다.

"사실은 공 모양의 금괴가 좋았겠지만, 이건 이거대로 괜찮네. 윤, 탄 보급 부탁해!"

"아, 나도 해야지! 간다! ──〈돈 던지기〉!"

그렇게 말하며 간츠가 눈을 빛내고 손목의 스냅을 살려서 수중의 것을 교주에게 내던졌다.

간츠가 던진 것은 G 금화였다. 그것이 수리검처럼 몇 개나 날아가서 돌로 된 가고일의 몸에 꽂혔다.

간츠와 미닛츠가 차례로 보급받은 금괴와 수중의 금화를 던져서 적을 쓰러뜨리려는 광경에 나와 마미 씨는 아연해지면서도, 즉석 주괴포용의 금괴와 돈 던지기용의 금화를 인벤토리에서 꺼내어 보급했다.

다행스럽게도 교주의 방을 뒤질 때 금화를 얻어두었기에 잔탄은 충분했다.

교주를 지키기 위해 계속 감싸는 가고일의 몸에는 무수한 금괴나 금화가 꽂혀서 금이 가기 시작했다.

"히이익! 가고일! 지켜라! 나를 지키는 거다!"

한심한 비명을 지르는 교주를 보니 금괴나 금화가 자기한테 날아오는 건 악몽이겠다 싶었다. 미닛츠가 쳐낸 금괴가 가고일의 날갯죽지에 꽂히자, 돌로 된 날개가 깨져서 바닥에 떨어졌다.

그 결과, 비행능력을 잃고 바닥에 내려올 수밖에 없는 가고일에게 타쿠와 케이가 공세에 나섰다.

"지금이다, 간다!"

"음——〈실드 배시〉!"

케이가 금방패로 날린 공격의 충격으로 온몸에 금이 퍼진 가고일이 움직임을 멈추었다.

그리고 넉백에 따른 경직시간에 타쿠가 검을 들었다.

"——〈쇼크 임팩트〉!"

타쿠가 타격 속성을 가진 검 아츠를 발동하자, 드디어 가고일의 왼팔을 붕괴시키는 데에 성공했다.

[꾸오오오오!]

가고일은 근성을 보이듯이 남은 오른팔을 휘둘렀지만, 이번에는 케이의 검에 가로막히고 오히려 금무기에 오른 손목이 부서졌다.

"이걸로 끝이다! ——〈파워 버스터〉!"

상단 자세에서 내리친 타쿠의 장검이 가고일의 HP를 죄다 깎아내고, 석상 전체에 치명적인 붕괴를 불렀다.

그리고 드디어 악마상을 격퇴하는 것에 성공했다.

"아아, 우리가, 내가 불러낸 악마가⋯⋯."

붕괴한 가고일을 보고 헛소리처럼 중얼대는 교주.

"자, 이걸로 퀘스트 클리어인가."

그렇게 말하며 가고일의 잔해에 등을 돌린 타쿠였지만, 그 직후에 그 잔해에서 보라색 연기가 피어올랐다.

"타쿠! 뒤!"

"음?! 어차, 설마 하던 연속 배틀인가?"

곧바로 돌아보더니 백스텝으로 연기에게서 거리를 벌리며 검을 고쳐드는 타쿠.

그 연기 안에서 나타난 것은 가고일보다도 더 악마다운 이빨이나 발톱을 가진 반투명한 영체 악마였다.

"오오! 빙의체인 석상을 잃고도 아직 존재가 사라지지 않았다니! 자, 해치워라! 해치우는 거다!"

다시금 출현한 데다가 더욱 흉흉해진 악마에게 환희하며 명령을 내린 교주였지만, 스윽 교주 쪽을 본 영체 악마는 크게 숨을 들이마시듯이 가슴을 부풀리고──

"괴, 괴롭다! 설마, 나를! 불러낸 내 영혼을! 끄아아아!"

소리치는 교주의 입에서 하얀 영혼 같은 것이 슈루룩 빠져나오나 싶더니, 영체 악마의 입으로 들어갔다.

바닥에 쓰러진 호위 NPC의 입에서 보라색의 작은 영혼 같은 것이 뽑혀 나오듯이 튀어나와서 마찬가지로 영체 악마의 입에 빨려들었다.

그 외에도 아마 1층 식당에서 올라오는 것인지, 홀 바닥 여기저기서 마찬가지로 보라색의 작은 영혼이 솟아나서 차례로 영체 악마의 입으로 들어갔다.

"어이, 봐. 괴물이었던 호위 NPC가 원래 모습으로 돌아왔어."

"그렇다는 소리는, 문제는 제2전의 보스뿐이군."

간츠는 쓰러진 호위 NPC의 변화를 재빨리 발견했지만, 그 보고를 듣고 그쪽에 위험성이 없다고 판단했는지 전원이 영체 악마에게서 눈을 돌리지 않고 올려다보았다.

악마숭배자들에게 빙의하였던 하위 영체 악마를 죄다 빨아들이고 반투명한 몸에 힘이 채워졌는지 흉흉한 색을 땐 존재를 확립한 영체 악마──[데빌가이스트]가 이쪽을 내려다보며 가학적인 미소를 띠고 있었다.

"온다!"

내가 [간파] 센스로 적의 행동을 탐지하고 경고를 보냈을 때에는 전원이 본래 무기로 고쳐들고 있어서 재빨리 행동을 개시했다.

그 직후에 양손을 좌우로 펼친 영체 악마는 댄스홀의 곳곳에 있는 오브젝트를 다루기 시작했다.

금촛대나 항아리, 그림이나 검 등의 오브젝트가 공중에서 춤추고, 우리에게 쏟아졌다.

"가고일은 원거리 공격을 쓰지 않았는데, 이쪽은 마법 공격인가! ──〈소닉 엣지〉!"

타쿠는 달리면서 영체 악마가 다루는 오브젝트를 피하고 원거리 아츠를 날렸다.

공중으로 뛰어오른 타쿠의 공격이 영체 악마를 덮쳤지만, 조종하는 오브젝트를 방패로 삼아서 그걸 막는 영체 악마.

"막았나. 하지만 공격하면 방패로 삼은 오브젝트는 사라지지!"

타쿠의 공격으로 공중에서 산산이 박살 난 오브젝트는 바닥에 떨어지기 전에 빛의 입자가 되어 사라졌다. 그렇다면 녀석이 조종할 오브젝트가 실내에 남지 않으면 방패로 삼을 게 사라진다는 소리다.

"그럼 범위마법으로 일소할게요! ──〈다운 버스트〉!"

여태까지 움직이지 않았던 마미 씨가 모으고 모은 마법을 해방했다.

　머리 위에서 그 몸을 짓누르듯이 불어오는 공기덩어리에 영체 악마는 실내의 오브젝트를 총동원하여 막으려고 했지만, 오브젝트는 차례로 바닥에 부딪쳐서 빛의 입자로 변해 사라자고 결국 영체 악마도 바닥에 부딪쳤다.

　하지만 아무도 그걸로 영체 악마를 쓰러뜨렸다고 생각하지 않았다.

　케이는 슬쩍 마미 씨를 지키는 위치로 가서 방패를 들었다.

　"윤!"

　"〈인챈트〉──디펜스, 마인드!"

　케이의 말에 답하여 나는 이중 방어 인챈트를 케이에게 걸었다.

　그 직후에 바닥에 쓰러졌던 영체 악마의 손가락 끝에서 검은 구체가 날아와서 방금 전에 〈다운 버스트〉로 어그로를 끈 마미 씨를 노렸다.

　그 사선 위에 있는 케이는 방패를 들어 그걸 정면에서 받아 튕겨냈다.

　바닥에 쓰러졌던 영체 악마는 튕겨난 검은 구체에 맞기 전에 스스로 똑바로 날아올라 도망쳤다.

　그 순간을 노리고 있던 나, 미닛츠, 간츠가 단숨에 덮쳤다.

　"〈엘리먼트 인챈트〉──웨폰. ──〈마궁기 ― 환영의 화살〉!"

　나는 빛의 속성석을 깨뜨려서 활에 빛 속성을 부여하고

은화살을 쏘았다.

직후에 꼬리를 끄는 은화살의 뒤에 다섯 개의 마법의 화살이 생겨나서 선행하는 은화살을 추월하여 영체 악마의 몸에 쇄도했다.

각도를 바꾸어 꽂힌 다섯 개의 마법화살이 공중에서 영체 악마의 사지를 꿰뚫고, 뒤늦게 은화살이 영체 악마의 가슴에 꽂혔다.

"먹어라, 천륜. ──〈엔젤 링〉!"

미닛츠가 쳐든 메이스에서 날아간 빛나는 고리가 내 화살을 맞아 공중을 떠도는 영체 악마의 몸을 붙들고, 영체 악마는 부력을 잃고 바닥에 떨어졌다.

"어서 가, 간츠!"

"맡겨줘! ──〈중연격〉!"

꼼짝도 못 하는 영체 악마가 바닥에 떨어지기 전에 간츠가 밑으로 들어가서 그 몸에 무거운 연격을 꽂았다.

멀리서도 들리는 타격음이 두세 번 이어지고, 마법의 화살과 천륜으로 움직일 수 없는 영체 악마는 공중에서 샌드백이 되었다.

"이걸로 콤보 피니시!"

힘찬 돌려차기로 영체 악마를 옆으로 날려버리는 간츠. 그 앞에서는 간츠가 장검을 든 손을 교차시키며 힘을 모으고 있었다.

[크아아아아아.]

포효하는 영체 악마를 향해 타쿠는 두 손의 장검으로 공격을 날렸다.

"——〈크로스 이그제큐션〉!"

동시에 날아간 참격이 가위처럼 영체 악마의 몸을 베자, 그 몸이 양단되고 두 동강난 몸이 타쿠의 양옆을 지나면서 빛의 입자가 되어 사라졌다.

그리고 쓰러진 뒤에 하얀 영혼 같은 것이 남고, 그것이 가볍게 흔들리면서 옆에 쓰러져 있던 교주 NPC의 입으로 돌아갔다.

그리고 완전한 소멸과 함께 메뉴에서 퀘스트 달성을 확인할 수 있었다.

"휴우, 2단계 보스는 그럭저럭이군. 아니, 오히려 약하지 않아? 가고일이 더 세지 않아?"

"아니아니, 보통은 양쪽 다 고전할 거야."

타쿠의 혼잣말에 내가 강하게 부정했지만, 전원이 모호한 표정으로 웃었다.

분명히 보스와의 연속 배틀이니까 난이도를 적당히 조절한 설정이겠지만, 그래도 약하다고 평가할 만한 적은 아니라고 생각하다가 나는 어떤 사실을 떠올렸다.

그래, 타쿠네 파티 전원이 OSO에서 톱클래스의 실력을 가졌다.

그런 플레이어들에게 단순한 마법계 보스인 [데빌가이스트]보다도 특수 기믹을 필요로 하는 가고일 쪽이 강적인 모양이다.

"뭐, 이걸로 퀘스트는 끝난 모양이군."

복수의 발소리가 복도에서 들리고, 그쪽으로 난 문이 열렸다.

거기서 갑옷을 입은 위병 NPC들이 댄스홀로 밀려들어서 교주와 괴물로 변했던 NPC들을 차례로 잡아갔다.

"나는 이 마을의 위병대 대장이다. 이번에는 악마숭배자의 아지트 괴멸에 협력해주어서 감사한다. 직접적인 의뢰자는 귀족이지만, 마을의 소란의 씨앗을 미연에 뽑아준 것에 대해 거듭 감사한다."

그렇게 말하며 위병대장 NPC가 옆의 위병 NPC에게 뭔가 지시를 내리자, 우리에게 머릿수만큼의 가방꾸러미를 넘겨주었다.

"그건 우리가 의뢰주인 귀족에게 맡아온 보수다. 그럼 우리는 사후처리가 있으니 이만 실례하지."

그리고 단숨에 위병 NPC들이 사라진 뒤에 가죽꾸러미를 열어보자, 안에는 퀘스트 보수인 퀘스트칩 20개와 [???]라고 하는 정체 모를 보수가 들어 있었다.

그것은——

윤회의 문신 [장식품] (중량 : 1)
추가효과 : HP 회복량 상승(중), HP 회복 제한 완화

맨들맨들한 딱딱한 종이에 천사의 깃털 같은 은색 스티커가 붙어 있었다.

"뭐야? 문신이라면 액세서리 취급?"

스테이터스를 보기론 [대신하는 보옥의 반지]와 같은 스테이터스 상승밖에 없지만, 그만큼 회복계의 추가 효과가 있었다.

"헤에, 스티커로 된 거네. 재미있겠다."

그렇게 말하며 미닛츠가 얼른 보수 아이템을 장비해보았다. 통상 액세서리와 달리 스티커 타입이기 때문에 몸의 어디라든 자유롭게 붙일 수 있는 모양이었다.

뺨이나 손 등에 스티커를 붙였다가 떼어보았다. 아무래도 반복 사용이 가능한 모양이었다.

"HP 회복량이 올라간다면 나한테 좋아!"

자기와 상성이 좋은 액세서리를 입수한 미닛츠는 기쁜 듯이 여기저기에 시험하다가 최종적으로 어깨에 스티커를 붙였다.

"어때?"

그렇게 말하며 어깨를 보여주는 미닛츠에게 나는 대답했다.

"좋을 것 같네요. 다만 지금은 동복에 가려지니까 조금 아쉬워요."

"그러네. 하지만 안 보인다는 소리는 그만큼 정보를 숨길 수 있다는 소리니까 PVP에는 유리하겠어."

그렇게 대답하는 미닛츠.

그 뒤에 우리는 저택 안을 한 바퀴 돌면서 남은 아이템을 휘소하려고 했지만──

"위병 NPC가 증거품을 전부 압수했는지 아이템이 하나도 없어!"

"뭐, 어쩔 수 없지. 그렇게 되면 퀘스트 달성까지 얼마나 아이템을 모을 수 있느냐도 공략 요소 중 하나였군."

아이템이 없다고 포효하는 간츠의 어깨를 타쿠가 두드리며 쓴웃음을 지었다.

남겨졌을지도 모르는 아이템에 대한 미련을 삼키는 간츠를 데리고 저택 정면으로 나간 우리는 이번 퀘스트 공략으로 입수한 아이템 분배에 대해 의논했다.

환금성이 높은 아이템은 환금 후에 전원이 균등하게 분배. 유용한 아이템은 선택제로 하고, 필요 없는 아이템은 매각한 후에 이익분을 균등하게 분배. 이렇게 정리하였다.

몇몇 유용한 아이템의 소유권을 둘러싸고 격렬한 교섭이 발생하여서 보스와의 연속 배틀 이상으로 시간이 걸렸다.

나는 [조금] 센스의 디자인 견본으로 삼게 액세서리 쪽에 눈독을 들였다. 그렇긴 해도 꼭 필요한 것도 아니라서 그렇게 심한 교섭은 하지 않았지만, 범용성이 높은 액세서리를 몇 개, 저주의 액세서리를 하나 입수했다.

"윤은 정말로 그거면 돼?"

"음, 뭐, 별로 쓸 길이 없어 보이지만, 이런 건 재미있잖아."

왠지 재미있다는 이유로 저주의 액세서리만 모으는 나도 그렇다고 생각하지만. 이럭저럭해서 무사히 귀족의 호위 퀘스트로부터 시작된 체인 퀘스트는 종료되었다.

최종적으로는 설정한 퀘스트 공략 기한 내에 클리어할 수 있어서 만족스러운 결과였다.

그리고 마지막으로 타쿠가 어떤 사실을 떠올렸다.

"그러고 보면, 윤."

"왜, 타쿠?"

"윤의 [하늘의 눈]과 [지 속성 재능]을 합친 좌표 폭파라면 가고일의 방해 없이 교주를 공격할 수 있지 않았어?"

""""——아.""""

나를 포함한 전원이 그 방법을 잊고 있었다.

나는 내가 적절한 공격을 할 수 없었던 것에 푸욱 어깨를 늘어뜨렸다.

5장   마법약과 송년회

겨울 퀘스트 이벤트 기간이 1주일밖에 남지 않은 가운데, 목표로 삼았던 퀘스트칩 50개를 넘어서 현재 70개를 소지한 나는 딱히 서두를 것도 없이 새로운 레시피를 배우면서 다시금 약가게 할머니를 찾아왔다.

"뭐냐, 젊은 녀석이 늙은이를 기다리게 하는 거 아니야!"

"후후후, 할머니는 이렇게 말씀하시지만 엄청 기뻐하시고 계세요."

그렇게 말하며 맞아주는 약가게 할머니와 그 손녀딸.

나는 쓴웃음을 지으면서 가게 카운터에 뤼이와 자쿠로를 놔두고 안쪽 공방으로 들어갔다.

그리고 거기에 붙어 있는 조합 퀘스트 중 나머지 세 개를 수주했다.

[마법약:음향액(5개) 납품]──퀘스트칩 2개

[마법약:섬광액(5개) 납품]──퀘스트칩 2개

[마법약:소암액(5개) 납품]──퀘스트칩 2개

약가게 할머니는 내 옆에 서서 새로운 레시피를 가르쳐주

었다.

"이 마법약이란 것은 각각 여러 장소에 있는 주술사가 만드는, 지방에 따라 다른 약들의 총칭으로. 사용하는 소재는 다르지만 효과는 비슷한 약이지."

그렇게 말하며 할머니가 꺼낸 소재는 [마가초]라는 새로운 약초와 에어로스네이크의 비늘, 그렇게 두 개뿐이었다.

"소재는 고작 이것뿐?"

"그래. 그러니까 이걸 만드는 건 주술사의 일이지. 봐라."

그렇게 말하더니 에어로스네이크의 비늘을 불로 그슬려서 충분히 가열하고, 수분이 날아갔을 때 막대사발로 으깨서 건조시킨 마가초와 섞고 물을 넣었다.

그리고 마지막으로 메가포션이나 MP포트를 만들 때와 마찬가지로 [마력부여]의 EX 스킬을 사용했다.

그러자 탁한 침전물이 많은 포션이 선명한 녹색의 액체로 다시 태어났다.

마법약:음향액 [소모품]

바람 속성 대미지 (극소)　추가효과 : 마비

할머니가 시범을 보여주었기에 순서는 대충 이해했다.

"속성의 힘이 담긴 마물을 써서 만드는 게 마법약이다. 그리고 이게 이 지역의 일반적인 마법약이지."

"흐응. 뭐, 일단 만들어볼까."

일단은 지금 할머니가 시범을 보인 바람 속성의 마법약인 [음향액]을 수순에 따라 만들었다.

기본이 되는 액체는 한 번에 다섯 개씩 만들고, 하나씩 꼼꼼하게 EX 스킬의 [마력부여]를 하면 되니까 그렇게 고생은 아니다.

만드는 법은 인챈트 스톤을 만드는 느낌이겠지. 최근에는 [하늘의 눈]의 〈공간〉 계열 스킬과 병용하여 〈기능 부가〉를 하기에, 이전보다 시간이 단축되었다.

그런고로 그리 시간을 들이지 않고 만든 마법약을 받아든 할머니가 하나씩 조사하기 시작했다.

아무래도 시험종이 같은 것에 담그거나 한 방울씩 떨어뜨리는 등 여러 가지를 하였다.

이건 그런 식으로 완성도를 조사하는 건가 생각하면서 할버니의 뒷모습에 말을 걸어보았다.

"내 방식으로 만들어 봐도 될까?"

"상관없다. 다만 나중에 마가초 금액만큼을 받겠지만."

그렇게 말하며 내가 납품한 다섯 개의 [음향액]을 다 조사하고 챙긴 할머니를 놔두고 나는 쓴웃음을 지으면서 소재를 준비했다.

사용하는 소재는 마가초, 에어로스네이크의 비늘, 페어리팬서의 인분, 이렇게 세 가지로, 페어리팬서라는 바람 속성 몹의 드랍 아이템은 [속성연고]를 만들 때의 속성 결정 요소가 되는 소재로 쓴 적이 있다.

일단은 바람 속성의 드랍 아이템 두 종류를 갈고, 거기에 건조시킨 마가초를 섞어서 물을 더하여 수용액을 만든다.

마지막으로 그걸 깨끗한 천으로 거른 액체를 병에 담아서──

"──[마력부여]."

EX 스킬을 발송시켜서 바람 속성의 마법약인 [음향액]을 만든다.

그리고 할머니의 방식과는 다른 어레인지나 다른 소재를 더한 결과, 완성된 나의 오리지널 [음향액]의 효과는──

마법약:음향액 [소모품]

바람 속성 대미지 (소)   추가효과 : 마비

약가게 할머니가 만든 마법약보다 조금 성능이 좋은 것이 나왔다.

이거라면 여태까지 의미 없다고 생각했던 소재의 조합으로도 새로운 포션의 레시피가 나올지도 모른다.

그렇게 생각하면서 나는 내 조합용 연구 노트의 소재표 일람 페이지를 펼쳐서, 그 외에도 쓸 만한 소재를 픽업하면서 마법약 냄새나 색깔을 확인했다.

"샘플 마법약보다 조금 색깔이 진한가."

나는 호기심에 손가락 끝에 마법약을 한 방울 떨어뜨려 입에 넣었다.

그 지독한 맛에 무심코 신음하였다.

[——욱…….]

아주 작은 신음소리가 갑자기 확대되어서 주위에 울리나 싶더니, 내가 가졌던 마법약의 포션약이 혼자서 깨졌다.

"너! 뭘 하는 거냐! 가게를 부술 셈이냐!"

'아니, 포션을 시험하려다가……. 목소리가 안 나와!'

할머니의 꾸지람에 나는 변명을 하려고 했지만, 목소리가 나오지 않아서 목을 눌렀다.

"이 멍청이가! 이 마법약이란 것은 무기에 발라서 쓰는 거야! 무기에 추가 효과를 주는 물약이지! 넌 바보 같이 바르는 약을 마신 거냐!"

그래, 본래 용도와 다른 방법으로 사용했기 때문에 플레이어 자신이 디메리트를 받은 건가.

그리고 이 마법약은 나의 [속성연고]의 무기판 같은 것인 모양이다.

[속성연고]가 피부에 발라서 그 속성의 내성을 부여하는 거라면, 마법약은 무기에 뿌려서 그 속성의 공격을 부여할 수 있는 모양이다.

그런가 싶어 납득하면서 목소리가 부활할 때까지 할머니에게 잔뜩 설교를 들었다.

그리고 깨진 포션병이 시간 경과에 따라 빛의 입자가 되어 사라진 뒤에 다른 두 종류의 마법약 레시피를 배웠지만, 효능을 시험할 때에는 충분히 안전을 확인하라는 꾸중을 들었다.

그렇게 모든 작업이 끝나고 나는 내가 만든 네 개의 [음향액] 마법약과 할머니에게 산 [마가초]를 인벤토리에 갈무리했다.

"이걸로 네게 가르쳐줄 레시피는 더 없다. 하지만 너란 계집애는 얼빠진 데가 있으니까 나는 걱정이야."

"얼빠졌다는 말은 필요 없어. 그보다 나는 남자야."

"또 무슨 일이 있거든 내 가게에 와라!"

역시 나는 남자라는 말은 무시당했다! 그렇게 속으로 분개했다.

하지만 뤼이와 자쿠로와 함께 약 가게를 나서서 할머니와 그 손녀딸의 전송을 받을 때에는 이미 화가 어딘가로 사라지고 기쁜 마음으로 변해 있었다.

또 일이 생기면 오고 싶다 생각하며 나는 그대로 NPC들이 노점을 내는 길에서 마법약 소재로 쓸만한 아이템을 찾아서 구입하여 [아트리엘]로 돌아온 뒤 한동안 가게에 틀어박혀야겠다 생각했을 때, 프렌드 통신으로 메시지가 들어왔다.

"음? 누구지? 아, 세이 누나네."

그 내용은 뤼이의 피로회 때 미카즈치가 말했던 길드 [팔백만]의 홈에서 열리는 송년회를 겸한 크리스마스파티 초대에 대한 것이었다.

게다가 그게 오늘 밤에 있다고 했다.

개시 시각은 밤 8시라는 메시지를 보고 아직 시간은 있지만 파티에 케이크를 가져가려면 얼른 길드 홈을 찾아갈 필요가 있다고 생각하는 나.

세이 누나의 메시지에 이어서 뮤우에게서도 저녁을 일찍 만들라고 재촉하는 메시지가 도착해서, 그 자리에서 로그아웃해서 미우와 함께 저녁을 먹었다.

저녁식사 후에 다시금 OSO에 로그인한 뮤우는 루카토네와 합류한 뒤에 [팔백만]의 길드홈으로 가겠다고 하기에, 나는 혼자 다소 일찍 [팔백만]으로 향했다.

입구에서 [팔백만]의 프리패스권인 금초대장을 보여주어서 하얀 벽에 붉은 지붕의 양관으로 들어가자, 파티 준비는 마무리 단계인 듯했다.

"자, 요리가 다 됐으니까 차려놔!" "케이크가 없어!" "케이크는 참가자가 가져오는 게 있으니까 안 만들어도 돼!" "어이! 훔쳐 먹지 마!"

정신없이 움직이는 요리사 플레이어들을 보고 나는 말을 걸 타이밍을 찾을 수가 없었다.

어느 타이밍에 내가 가져온 케이크를 주면 좋을지 고민하는데, 세이 누나가 내 쪽으로 다가오는 게 보였다.

"윤, 어서 와. 일찍 왔네."

"세이 누나, 송년회랑 크리스마스파티 초대 고마워. 아, 그리고 이건 케이크."

나는 그렇게 말하며 이전에 만들었던 십여 개의 딸기 케이크를 인벤토리를 경유하여 세이 누나에게 건네고, 또 그게 개장 설치 중인 플레이어에게 넘어갔다.

"윤은 어쩔래? 홀 구석에서 기다릴래?"

"으음, 2층에 가도 될까? 아는 생산직들이 있는 방에도 얼굴을 내밀고 싶으니까."

"응, 알았어. 그럼 파티가 시작되면 부를게."

세이 누나의 승낙을 얻어서 나는 길드홈의 계단을 올라 생산직들이 모이는 생산실의 문을 노크하고 들어갔다.

"잠깐 실례해도 될까."

"으음~? 아, 어서 와."

"오, 어쩐 일이야?"

나는 차를 마시면서 졸린 눈으로 돌아보는 오토나시와 쾌활한 표정으로 가볍게 손을 드는 랭글리를 보았다.

"아래쪽에서 파티가 시작될 때까지 여기 있을게."

"음, 그래. 잠깐 기다려. 차랑 과자 내올 테니까."

"과자는 됐어. 가볍게 저녁 먹고 왔으니까."

나는 랭글리의 배려를 거절하고 씁쓸한 녹차를 받았다.

그 뒤에 생산직과 이벤트 퀘스트 정보를 교환했지만, 일부 생산직은 생산 관련 체인 퀘스트에 관한 내 이야기를 듣고 그대로 길드홈에서 뛰쳐나갔다.

특정 센스를 가지면 파생되는 타입의 퀘스트의 정보는 그렇게 퍼지지 않았나 싶어서 쓴웃음을 지으면서 그 외에도 서로 클리어한 퀘스트 정보를 교환하였다.

생산직이기 때문에 채취나 심부름 퀘스트 정보가 많고, 내가 모르는 히든 퀘스트 정보도 새롭게 얻을 수 있었다.

남은 이벤트 기간은 1주일이니까 새롭게 들은 퀘스트를 죄다 클리어할 수는 없겠지만, 여유가 생기면 해보자는 정도로 생각했다.

그 외에 생산 이야기 등의 즐거운 시간은 순식간에 지나가고, 세이 누나가 프렌드 통신으로 파티 준비가 다 되었다고 전해왔다.

"아, 아래 준비가 다 된 모양이야."

"그래. 다녀와."

의자에서 일어선 나를 졸린 눈으로 올려다보는 오토나시의 말에 나는 고개를 갸웃거렸다.

"어라? 오토나시나 랭글리는 안 가?"

"사람이 많으면 시끄럽잖아. 나중에 오르되브르만 가지고 이쪽으로 도망칠 거야."

그렇게 말하며 후루룩 차를 마시는 랭글리에게 나도 그러고 싶다고 쓴웃음을 지어주었지만 결국 뮤우나 세이 누나와 함께 끝까지 파티장에 있을지도 모른다며 자조적인 웃음을 흘렸다.

그리고 1층 홀로 돌아가자 뮤우나 타쿠 등의 파티에 마기 씨나 클로드, 리리 등 지인이 이미 다 모여 있어서 다들 손에 음료를 들고 있었다.

나도 근처에 있던 컵에 주스를 따라 손에 들고 제일 높은 단상에 선 미카즈치를 올려다보았다.

●

"아, 내가 얼른 술을 마시고 싶으니까──건배!"
""""어이!""""
길마가 개시 신호도 대충하는 바람에 파티장에서 야유가
날아갔다. 또 옆에 선 세이 누나가 빙긋빙긋 웃으면서도 팔
꿈치로 미카즈치의 옆구리를 찌르자, 미카즈치는 헛기침을
한 차례 하고 다시금 인사말을 시작했다.
"기나긴 이야기는 싫어하니까 짧게 하지──"
그런 전제에 나도 포함하여 거기 모인 플레이어들은 쓴웃
음을 지으면서 미카즈치의 말에 귀를 기울였다.
"OSO가 정식으로 시작된 지 벌써 5개월. 뭐, 긴 듯하면
서 짧은 시간이지. 그동안 나는 직접, 간접을 불문하고 이
정도의 플레이어들과 알게 되었다."
미카즈치가 회장의 모두를 가리키듯이 팔을 좌우로 펼
쳤다.
"이 교우가 앞으로도 계속되기를 빌며 오늘은 좋은 연회
를 하자! ──건배!"
그렇게 말하고 술이 든 잔을 쳐드는 미카즈치에게 맞추어
나도 주스를 들었다.
그 뒤에는 평범한 파티였다.

미카즈치와 세이 누나는 나란히 오늘 밤의 파티에 와준 플레이어들에게 인사를 하러 다녔다.

뮤우네 파티나 미닛츠, 마미 씨 등의 여성 플레이어들은 여자답게 단 음식 근처에 자리를 잡고 케이크를 먹었다.

타쿠나 간츠, 케이를 포함한 남성 플레이어들은 고기 요리 근처에서 오랫동안 든든한 요리를 먹어댔다.

그 외에 샐러드만 계속 먹거나 묵묵히 술을 마시거나 계속 메밀국수를 먹어대는 플레이어도 보였다.

만복도의 상한 따윈 뛰어넘어서 계속 먹어대는 모습에 나는 쓴웃음을 지으면서 내 접시에 밸런스 좋게 요리를 덜었다.

클로드 등이 자리 잡은 공간에는 마기 씨나 리리도 각자의 사역몹을 소환하여 함께 식사를 즐겼다.

"맛있어 보이네, 윤 군!"

접시에 요리를 덜어서 그들 근처의 빈자리로 간 내게 마기 씨가 그렇게 말을 걸어왔다.

"그러네요. 전보다 생산직의 실력이 늘었나 봐요."

이런 자리의 단골 메뉴인 영계 튀김을 시작으로, 닭 날개를 매콤하게 조린 것, 새고기 구이, 프라이드치킨 등, 크리스마스를 위한 닭고기 요리가 충실했다.

나도 소환한 뤼이나 자쿠로도 먹기 쉽게 치킨 살을 발라내면서 입맛을 다셨다.

"오오, 이 샐러드의 드레싱, 마늘이 세네. 윤 군, 먹어볼래?"

"이쪽의 카레도 맛있어. 닭튀김이나 커틀릿을 토핑한 오리지널 카레. 윤찌, 이거 봐."

"자, 이 미니 케이크는 우리 가게의 파티쉐 피오르에게 부탁한 것이다. 먹어봐라."

"아하하하……. 천천히 먹을게."

나는 마기 씨, 리리, 클로드 순서로 권하는 요리에 쓴웃음을 지으면서 조금씩 먹었다.

분명히 세 명이 권하는 것은 모두 다 맛있어서, 나는 뤼이 등과 함께 덥썩덥썩 먹었다.

어느 정도 먹고 만족한 나는 무릎 위에 앉힌 자쿠로에게 빗질을 해주면서 마기 씨 등과 잡담을 나누었다.

"헤에, 윤 군, 타쿠 군네랑 파티를 짜고 미달성 체인 퀘스트를 받았구나."

"예. 토벌 계열과 다른 타입의 퀘스트라서 고생 좀 했어요."

나는 주스로 목을 적시면서 조금씩 말했다.

마기 씨는 처음에 나와 마찬가지로 주스를 마셨지만, 중간부터 회장의 분위기에 맞춰서 약한 칵테일을 마시기 시작했다. 지금은 두 손을 모아서 턱을 올라놓고 기분 좋게 내 이야기를 들었다.

"후후후, 그렇구나."

"그리고 마지막에는 퀘스트 도중에 입수한 아이템을 함께 나누었지요. 그게 이겁니다."

그렇게 말하며 나는 아이템 분배에서 받은 액세서리들을

꺼냈다.

그중에서 다소 갑갑한 느낌의 검은 가죽에 은사슬이 달린 목걸이 같은 액세서리에 [세공] 계열 센스를 가진 마기 씨도 흥미를 느껴서 그걸 손에 들고 확인하였다.

"헤에, 초커네. 아니, 윤 군, 또 저주의 장비품을 모았어?"

"아하하하, 정답입니다."

그렇게 말하자, 화이트 와인을 마시면서도 평소와 다름없는 기색인 클로드가 이쪽을 향해 물었다.

"그래서 그 저주의 액세서리는 어떤 효과지?"

클로드의 질문에 나는 그 아이템의 자세한 스테이터스를 보여주었다.

디스카운트 초커 [장비품] (중량 : 2)

INT +15, MIND +15　　　추가효과 : [쇠약] [HP 회복량 저하]

마법 쪽의 스테이터스로, 장비자 자신의 [쇠약]이라는 디메리트를 가진 액세서리였다.

[쇠약]의 효과는 일정시간마다 최대 HP의 5퍼센트씩 줄어드는 것으로, 더불어서 [HP 회복량 저하]는 HP 회복량이 대폭 줄어드는 효과다.

즉 이걸 장비하고 있으면 서서히 HP가 줄어드는데다가, 회복도 힘들어지는 저주의 액세서리다.

"뭐, 쓰지는 않지만, 퀘스트 설정에 관계있을까? 싶어서."

"설정?"

"퀘스트 시작이 악마소환 의식을 의한 제물로 뽑힌 NPC의 호위였지요. 그러니까 이건 적이 제물로 예정된 NPC에게 쓸 예정인 아이템이었을까 하고. 그런 상상을 하는 게 재미있어요."

마법적 소양을 높이는 저주의 액세서리는 악마 소환의 제물인 NPC를 서서히 약하게 만들어 저항을 없애면서 의식을 지장 없이 치르기 위한 것.

플레이어가 퀘스트를 진행한 결과, 그것을 저지하였기에 사용되는 일 없이 저택 내부에 남겨졌던 거라고 생각하는 게 즐겁다.

"흐응. 그런 생각도 있구나."

마기 씨는 감탄하면서도 찔끔찔끔 술을 마시고 땅콩 같은 과자를 파트너인 리쿠르와 함께 먹었다.

클로드도 화제가 떨어졌는지 느긋하게 와인잔을 기울이면서 무릎 위에 있는 쿠츠시타를 쓰다듬었다.

졸린 건지 혼자 멍하니 있는 리리는 계속 창밖을 바라보았다.

슬슬 미성년과 지친 플레이어는 로그아웃할 타이밍일까 생각하는데, 리리가 갑자기 중얼거렸다.

"……아, 산타?"

창 밖에서 뭔가 발견한 리리는 멍한 기색에서 깨어나서 재빠른 움직임으로 밖으로 통하는 문으로 향했다.

"아! 나, 잠깐 리리를 쫓아갈게."

"나도 갈래. 술도 깰 겸 가볍게 밤바람을 쐬고 싶고."

"나도 가지. 리리가 말한 산타란 게 궁금하다."

우리는 리리의 뒤를 쫓아 일어나서 길드홈 밖으로 나갔다.

그리고 리리를 찾아보니 길드홈 옆의 PVP용 광장에 서 있었다.

거기에는 먼저 눈 구경과 함께 술을 즐기던 플레이어들이 있고, 그들과 함께 리리가 눈을 빛내며 밤하늘을 올려다보고 있었다.

가루눈이 춤추는 밤하늘을 올려다보니, 그 상공을 이질적인 존재가 달리고 있었다.

그 존재를 확인하기 위해서 나는 [하늘의 눈]을 발동시켜서 응시했다.

[호오호호홋! 메리 크리스마스!]

밝은 웃음소리를 내면서 하늘을 달리는 빨간 옷과 하얀 수염의 할아버지는 하늘을 나는 순록을 교묘히 다루며 커다란 흰색 선물꾸러미를 실은 썰매를 타고 상공을 달리고 있었다.

"진짜로 산타클로스다."

마을을 향해 웃으며 손을 흔드는 산타클로스 NPC.

갑작스러운 산타클로스의 등장에 실내에서 연회에 참가했던 플레이어들도 바깥 분위기를 알아차리고 나왔다.

"——산타클로스. 그러고 보면 크리스마스 시즌이었지."

"여기서 OSO 이벤트에 참가한 시점에서 크리스마스를 버릴 생각이었는데."

"리얼충들의 성스러운 밤 따윈 사라져버려! 제길……."

"여친 있는 놈들은 섬멸, 섬멸. 리얼충은 박멸, 박멸."

산타 NPC를 보고 일부 남성 플레이어가 이상한 신흥종교 같은 의식을 시작했다.

그런 가운데 산타클로스에게 열심히 손을 흔들던 뮤우는——

"산타 할아버지! 선물 주세요!"

"뮤, 뮤우! 부끄러우니까 그만 두세요!"

루카토가 제지하고 있었다.

그리고 게이머 기질인 타쿠, 클로드, 미카즈치도 모여서 뭔가 고찰을 시작하였다.

"자, 산타클로스의 출현이 이 이벤트와 관련이 있을까? 그러고 보면 전에 공지로 [이벤트 종반에 특수 몹의 해방]이란 게 있었는데, 이게 그건가?"

"모르겠군. 하지만 가령 산타클로스가 특수 몹이라고 하면, 그걸 붙잡는다는 게 이벤트로서 괜찮을까?"

"아무래도 성인을 두들겨 패는 이벤트는 하고 싶지 않은데."

그렇게 애들에게 들려주고 싶지 않은 무시무시한 이야기를 하는 세 사람을 내가 찌릿 노려보자, 세 사람은 내 시선에서 도망치듯이 고개를 돌렸다.

[호오호호홋. 호? 노오오오오——]

밤하늘에서 썰매를 달리며 웃음을 뿌리던 산타클로스가 상공에서 다섯 명의 이상한 자들에게 습격을 받았다.

그자들은 산타클로스를 공격하더니, 그 옷가지를 벗겨냈을 뿐만 아니라 산타클로스를 썰매에서 떨어뜨렸다.

산타클로스는 가볍게 지상에 내려섰지만, 그자들은 각각 산타에게 빼앗은 두 마리 순록, 썰매, 선물꾸러미, 붉은 모자, 편지다발을 손에 들고 이렇게 외쳤다.

"자! 성인 산타클로스의 소중한 것을 빼앗았다! 이걸로 이 마을에는 크리스마스가 오지 않고 아이들의 슬픔으로 넘쳐난다. 우리 악마는 그 슬픔을 이용하여 대악마 사탄 님을 부를 것이다!"

산타클로스에게서 소중한 도구들을 빼앗은 이형의 악마 다섯은 그대로 마을 밖으로 날아갔다.

그리고 마을 밖으로 나간 악마들이 지면에 그려진 오망성의 다섯 정점에 각각 도착하자, 하늘에서 검은빛이 떨어졌다.

──긴급 퀘스트 [산타클로스의 부활]이 모든 플레이어에게 발생했습니다.

지금부터 다섯 명의 [악마]들이 만들어낸 다섯 개의 던전을 공략해주세요. 하나 클리어할 때마다 [산타클로스의 도구]가 하나씩 탈환됩니다.

다섯 개의 도구를 모두 탈환한 단계에서 퀘스트 클리어, 즉 산타클로스의 부활이 완료되고, 이벤트 종료시에는 모든 플레이어에게 클리어 보수가 발생합니다.

또한 [악마]들의 던전 난이도는 마을의 퀘스트 소화율에 따라 변동합니다.

현재 퀘스트 소화율은——62%

"잠깐 보러 다녀올게!"

"나, 나도!"

많은 플레이어들이 마을 밖으로 단숨에 달려갔다.

뮤우처럼 몸이 가벼운 자는 벽을 박차고 건물의 지붕을 따라 마을 밖으로 향했다.

한편, 나는 그 흐름에 쓸리지 않으려고 구석으로 피했다.

송년회나 크리스마스 파티 정도의 소동이 아니게 되었다.

아무튼 분위기를 지켜보기로 한 나나 마기 씨 등 생산직은 [팔백만]의 길드홈에서 파티 뒷정리를 거들었고, 세 시간 뒤——

"후후후, 당했어. 씨알도 안 먹혀."

"던전 난이도와 기믹이 완전 사악해. 운영이 주는 크리스마스 선물치고 심해."

"메리크리스마스가 아냐! 생고생크리스마스야!"

많은 챌린저들을 쫓아낸 다섯 개의 던전은 다른 현재 도전 가능한 던전들의 난이도도 뛰어넘는 듯했다.

각 던전은 각각 특색을 가졌다고 했다.

첫 번째는 불과 붉은 모자가 중핵이 되어 만들어진──난로의 던전.

일정시간마다 벽돌로 된 통로를 열풍이 휩쓸어서 플레이어를 괴롭히는 외에 치사성 높은 트랩이 대량으로 배치되었다.

미니 던전이라고 하지만, 던전 규모나 보스의 정보는 없다.

두 번째는 물과 순록이 중핵이 되어 만들어진──설원의 던전.

오픈 필드형으로 전체가 눈보라로 뒤덮인 던전. 그 필드의 어딘가에서 하층으로 통하는 계단을 찾을 필요가 있고, 시간이 너무 지나면 [한랭 대미지]로 플레이어는 슬금슬금 위기에 몰린다.

이쪽도 던전 규모나 보스의 정보는 없다.

세 번째는 바람과 편지가 중핵이 되어 만들어진──거대수의 던전.

앞선 두 개의 던전으로 발생하는 열풍이나 눈보라처럼 회피하기 어려운 기믹은 없지만, 몹의 리젠 주기가 대단히 짧고 세이프티 에어리어 같은 안전지대는 확인되지 않았다. 그렇기 때문에 연전으로 인한 소모가 크다.

이 던전은 몇몇 파티가 보스까지 도달했지만, [마도의 악마]라는 이름의 그 보스는 근접공격에 대한 철벽의 카운터와 이쪽을 한시도 쉽게 하지 않는 마법의 탄막공격을 해오는, 도무지 빈틈이 없는 강력한 마법 계열 보스라고 했다.

네 번째는 흙과 선물주머니가 중핵이 되어 만들어진──

묘지의 던전.

상태 이상이나 HP, MP를 흡수하는 언데드 계열 몬스터 주체의 설원 던전과 같은 오픈필드형 던전.

몹의 이동 속도는 느리고 하나하나의 전투력은 낮지만, 적의 탐지능력이 대단히 넓기 때문에 도망쳐도 한없이 추적해 온다.

또한 묘지의 오픈필드형 던전이기 때문에, 필드에 점점이 있는 묘석 같은 오브젝트가 플레이어의 행동을 방해하고, 어느 틈에 대처 불가능한 숫자까지 언데드 집단이 불어난다.

또한 [결계의 악마]라는 이름의 보스는 HP와 마법 방어가 뛰어나며, 본인의 공격수단이 부족하긴 하지만 부하 언데드를 다수 소환하여 물리적인 거리를 벌리며 스테이터스 저하나 상태이상 등의 강력한 디버프를 사용해오는 귀찮은 존재.

마지막이 빛과 썰매가 중핵이 되어 만들어진──길의 던전.

이것이 제일 이채로움을 띠는 던전이라고 했다.

●

"길의 던전은 처음부터 보스 전투야. 썰매에 탄 상태로 보스와 싸워. 스크롤 액션 같은 것에 있는 궤도 배틀이나 이동하는 탈것을 탄 채로 싸우는 느낌이지. 그건 TV 화면이니까 가능한 거지, VR이면 무지막지하게 난이도가 높아."

그렇게 말하며 얼굴을 찌푸리는 뮤우.

나는 일단 던전에 도전했다가 죽어서 돌아온 플레이어들에게 차를 나누면서 이야기를 들었다.

"게다가 썰매에서 떨어진 경우 바로 복귀하지 않으면 그대로 죽어! 소생약 같은 게 의미 없다는 점에서 제일 특이한 던전이야! 부조리해!"

보스와의 전투에서 진 게 분한지 얼굴을 찌푸리면서 그렇게 불만을 토로하는 뮤우지만, 이야기하는 동안에 다음에는 어떻게 공략할까 하는 두근거림의 빛으로 가득해졌다.

"그리고 보스전은 20명 안팎으로 매칭된 플레이어들과 [악동의 악마]라는 이름의 보스와 그 부하 악마 순록 여덟 마리와의 전투야. 부하는 그리 강하지 않지만, 보스와 부하의 연계로 플레이어의 리타이어를 노려. 이쪽은 플레이어가 탄 썰매가 폭주상태라서 파티간의 연대가 힘든 상태인데!"

내가 고개를 끄덕이면서 이야기를 듣자, 하고 싶은 말을 다하고 후련해진 뮤우는 차를 단숨에 비우고 일어섰다.

"던전에서 져서 데스 페널티를 받았으니까 오늘은 이만 잘래. 잘 자!"

"그래, 잘 자."

먼저 로그아웃하는 뮤우를 지켜보고 나는 뮤우가 마신 찻잔을 정리했다.

주위를 둘러보니 연회 뒷정리는 끝나고, 세이 누나, 타쿠, 미카즈치, 클로드 등이 모여서 뭔가 이야기하고 있었다.

그리고 내가 혼자 있는 것을 본 미카즈치가 손짓을 하기에 고개를 갸웃거리면서 다가갔다.

"왜 그래? 나한테 할 말 있어?"

"윤 아가씨는 [속성연고]나 [핫드링크]를 준비해줄 수 있겠어? 최대한 많이."

"어, 난로의 던전과 설원의 던전 때문이구나."

내가 대답하자 전원이 끄덕였다.

난로의 던전의 열풍 기믹에 대해서는 [화 속성 내성]을 일시적으로 부여하는 [속성연고]를 발라서 대미지를 줄이고, 설원의 던전에서는 [핫드링크]를 마셔서 [한랭 대미지]를 줄여, 양쪽 던전을 조금이라도 쉽게 탐색할 생각인 모양이다.

"[속성연고] 쪽은 준비할 수 있지만, [핫드링크] 쪽은 물량을 맞출 수 없어."

내한 효과를 부여하는 음료 [핫드링크]의 재료는 하쿠가라는 식재료 아이템의 재배는 최근에 시작하여서 충분한 숫자가 갖추어지지 않았다. 애초에 내가 개인적으로 생강 대신 사용하고 싶다.

"아가씨, 그걸 어떻게든 좀!"

"아니, [핫드링크]를 그렇게 준비하는 게 무리라니까……."

"그러니까 그걸 어떻게든 좀!"

물리적으로 무리라고 대답해도 머리를 계속 숙이는 미카즈치.

그 뒤에서 타쿠가 누군가와 프렌드 통신을 받았는지 몇 차례 고개를 끄덕이더니 미카즈치에게 보고했다.

"설원 던전이 방금 전에 공략되었어."

"아가씨, [핫드링크] 주문은 취소."

"표변이 빠르잖아. 그리고 의욕이 싹 도망갔고."

깊이 한숨을 내쉬더니 한 홉들이 술병을 나팔 불기 시작한 미카즈치를 새된 눈으로 바라보는 나.

어딘가 짜증내는 듯한 미카즈치의 모습에 나는 솔직한 의문을 던졌다.

"미카즈치, 왜 그리 서둘러?"

"서둘러? 그야 서두를 만도 하지. 세이가 없어지니까!"

"세이 누나가 없어져?"

내가 고개를 갸웃거리고 미카즈치의 옆에서 쓴웃음을 짓는 세이 누나를 보자, 세이 누나가 보충해주었다.

"윤, 나는 크리스마스에 맞추어서 귀성하잖아. 그러면 이벤트에 참가할 수 있는 날짜가 제한돼."

"아, 그렇지."

연말연시의 귀성으로 세이 누나가 로그인할 수 없어지기 때문에 얼른 하나라도 공략하고 싶은 모양이다.

"그래서 설원 던전을 벌써 클리어한 건 어디의 누구야?"

노리던 사냥감을 빼앗겨서 퉁명스러워진 미카즈치의 의문에 타쿠가 대답했다.

"여러 중소 길드의 합동 파티라고 하는데, 지금 그 참가자 중 한 명인 [OSO 어업조합]의 길마가 자랑하고 있어."

타쿠는 힘 빠진 분위기였지만, 나도 다소 아는 이름이 귀에 들어왔다.

그러고 보면 레티아네 [신록의 바람]도 중소 길드 플레이어들과 합동으로 이벤트 퀘스트를 받는다고 떠올렸다.

"멤버 내역은 길드 [OSO 어업조합]이 세 명, [신록의 바람]이 한 명, [푹신동물 동호회]가 한 명, 프리가 한 명이라네."

"그렇다면 그 길드의 플레이어들은 숨겨진 실력자란 건가……. 아니, 왜 그래, 아가씨?"

왠지 귀에 익은 길드명만 나온다 싶어서 살짝 시선을 흐리자, 미카즈치가 내 낌새를 알아차리고 물었다.

"아니, 아무것도 아냐."

아마 길드 [신록의 바람]의 한 명은 레티아겠고, [푹신동물 동호회]의 한 명은 벨이겠지. 그리고 프리는 어쩌면 에밀리?

뭐, 레티아네가 어떤 활약을 했다고 해도 친구로서는 솔직히 기쁘다.

그날은 던전 내부의 정보가 모였지만 다른 클리어 보고는 올라오지 않고, 너무 지독한 난이도에 골머리를 앓은 플레이어들은 마을의 퀘스트 소화율을 올려서 [악마]들의 던전 난이도를 조금이라도 내리기 위해 마을의 미달성 퀘스트 공략에 뛰어다니게 되었다.

그리고 며칠이 지나서──

"윤 씨……. 던전에서 엄청 당했어."

"아니, 너희 둘에게 그 던전은 아직 이르잖아."

[아트리엘]의 밭에서는 새롭게 [마가초] 재배를 시작하였다.

저번에 재배했던 [약비초]나 [혼백초]가 간신히 안정된 수확이 가능해지고, 그렇게 모인 소재로 메가포션과 MP포트를 만들고 있을 때 라이나와 알이 [아트리엘]에 찾아와서 꺼낸 첫 말이 그것이었다.

"아무튼 데스페널티가 해제되면 평소처럼 이벤트 퀘스트를 받으러 갈 거니까 포션 주세요."

"그래, 그래."

최근 간신히 통상 포션에서 하이포션으로 바꾼 두 사람에게 필요한 포션을 챙겨서 건네고 가벼운 잡담을 하였다.

"레티아 씨가 설원 던전을 클리어했다니까 괜찮을 거라고 생각했어!"

"아니, 어디서 그런 자신감이 나오는 거야. 그리고 역시 설원 던전을 클리어한 건 레티아인가."

"그래요. 레티아 씨, 벨 씨, 에밀리 씨가 [OSO 어업조합] 플레이어들과 협력해서 클리어했다고 해요."

당사자에게서 던전 공략 이야기를 들었기 때문에 알의 이야기는 꽤나 자세했다.

레티아의 사역몹이나 에밀리의 합성몹을 이동수단으로 삼은 고속이동으로 설원의 이동에 따른 [한랭 대미지]를 최소한으로 억누르면서 내한 효과를 부여하는 소재인 하쿠가 뿌리를 씹으면서 단숨에 보스에게 도달했다고 했다.

[방세의 악마]라고 불리는 보스몹은 방어 중시인 모양이지만, 벨의 공격이나 에밀리의 연금몹인 골렘의 공격으로 그걸 돌파하고, 시치후쿠를 비롯한 [OSO 어업조합]의 정예들이 본체에 대미지를 주었다고 한다.

또 레티아는 사역몹만이 아니라 빛 마법이나 회복마법 등의 서포트로 파티 전체를 도왔다는 이야기다.

"꽤나 농밀한 이벤트를 하고 있군, 레티아 쪽도."

"그렇지요. 아, 슬슬 데스페널티가 끝나니까 또 수수하게 레벨업하면서 퀘스트 공략을 재개할게요."

"알았어. ……아, 그리고 보면 벨 쪽의 신인 플레이어들은 어때?"

"그쪽은 괜찮아. 아주 착한 여자애들이니까. 그럼 또 올게."

그렇게 말하고 손을 흔들며 [아트리옐]을 나가려는 라이나였지만, 짊어지듯이 든 단창이 입구 문설주에 부딪쳐서 허둥대는 모습도 있어서 아무래도 불안한 낌새라 나는 쓴웃음을 지었다.

그런 라이나와 알을 보낸 뒤에 엇갈리듯이 뮤우가 가게에 뛰어들었다.

"윤 언니! 같이 던전 가자! 던전!"

"뮤우. 그러니까 언니라고 하지 마. 그보다 어느 던전에 데려가려고 그래?"

뮤우네 파티는 루카토 등으로 여섯 명의 풀 파티를 구성하였다. 거기에 내가 들어가면 공투 페널티가 발생하는 건 알겠지.

뭐, 어느 던전만큼은 예외지만——

"그야 물론 윤 언니랑 같이 도전할 수 있는——길의 던전이야!"

일단 나도 그 가능성을 생각했기에 역시나 하는 마음이 되었다.

"전에 처음 도전했다가 졌지만, 이번에는 여러 정보를 모아서 대책을 짜서 재도전하는 거야! 그래, 그걸 위해서 윤 언니가 필요해!"

"내가 필요하단 말이지……."

직접적인 전투에서는 그리 도움이 될 것 같지 않지만……. 역시나 별로 의욕이 없는 나와 달리 뮤우는 꽤나 의욕적이었다.

"애초에 왜 나한테 말하는데?"

"그건 말이지. 윤 언니한테는 뤼이가 있으니까!"

"뤼이?"

가게의 정위치에서 엎드려 있던 새끼 상태의 뤼이가 일어서서 내 옆으로 다가왔다.

"응, 썰매가 코스에서 떨어지면 바로 리타이어인데, 거기서 뤼이를 소환하면 복귀할 수 있어. 게다가 윤 언니의 인챈트 같은 서포트도 기대하고 있어."

그렇게 말하고 똑바로 나를 보는 뮤우.

서포트를 부탁받으면 나는 원래 서포터를 콘셉트로 삼은 캐릭터이기 때문에 거절하기 어렵다. 게다가 왜인지 옆에 있는 뤼이가 흥 하고 콧방귀를 뀌며 의욕적인 모습이었다.

"……그러고 보면 뤼이는 거의 전투를 한 적 없는데, 해보려고?"

끄덕, 뤼이가 고개를 끄덕여서 나는 결심했다.

"알았어. 길의 던전에 같이——"고마워, 윤 언니."——"

내 말이 끝나기 전에 내 두 손을 붙잡고 위아래로 붕붕 흔드는 뮤우. 그리고 떠오른 것처럼 옆에 있는 뤼이를 꼭 껴안아 만족한 뒤에 떨어졌다.

"좋아. 그럼 얼른 던전 공략하러 가자!"

"잠깐 기다려! 나는 던전 정보도 거의 없어."

"게임은 항상 준비 시간을 주지 않아! 사전에 준비할 수 없으면 수중의 아이템으로 버틴다! 정보를 갖추고 안전책을 도전하는 것보다 스릴이 있잖아!"

정보 수집을 해도 좋잖아.

사전준비를 착실히 해도 좋잖아.

안전책으로 도전해서 스릴이 없어도 좋잖아.

꼭 던전 하나를 클리어해도 그 플레이어나 파티가 뭘 받는 것도 아니고, 누가 공략해도 좋잖아. 그렇게 생각하는 나와 달리 뮤우는 자기가 처음으로 공략하는 것에 의미가 있다고 생각하는 걸지도 모른다.

"아무튼 잠깐만 기다려줘. 최대한 준비를 하고 싶으니까!"

"알았어. 하지만 서둘러. 사실은 1분, 1초라도 빨리 가고 싶으니까!"

나는 쓴웃음을 지으면서도 [아트리엘]에서 필요한 아이템 등을 인벤토리에 챙긴 뒤에 뤼이를 소환석으로 되돌리고 뮤우와 함께 길의 던전으로 향했다.

6장   길의 던전과 폭주 배틀

저녁 무렵. 제1마을 외벽 바깥쪽에 생겨난 다섯 개의 던전 중 하나, 길의 던전 앞에 나와 뮤우는 도착하였다.

[아트리엘]에서 몇 개 안 되지만 메가포션이나 MP포트를 가져올 수 있었지만, 가능하면 쓰지 않고 넘기고 싶다.

우리는 던전 앞에서 루카토 등과 합류했다.

"미안. 윤 언니를 설득하느라 시간을 잡아먹었어!"

"난 딱히 설득당하지 않은 것 같은데. 그리고 뮤우, 정말로 서두를 필요 있어?"

다소 서둘러 이 자리에 온 나는 숨이 좀 차올랐다. 몇 번이나 심호흡을 거듭하여 호흡을 가다듬으면서 내가 뮤우에게 그렇게 묻자──

"없어! 하지만 있는 걸로 해!"

"진짜 말도 안 돼."

내가 기막힌 눈치로 크게 숨을 내뱉자, 뮤우의 뒤에 선 파티원들은 쓴웃음을 지었다.

"윤 씨, 안녕하세요. 오늘은 우리와 함께해주셔서 고맙습니다."

"너희는 신경 안 써도 돼. 딱히 리스크가 있는 건 아니고, 나도 마침 다섯 던전을 클리어한 보수가 궁금하니까."

그렇게 말하고 내가 가볍게 그녀들과 대화하는 동안에도

뮤우는 던전에 들어가는 플레이어의 줄에 서서 우리 자리도 확보하였다.

"어~이! 다들 여기야!"

"우우, 이제야 긴장되네."

뮤우의 소리에 사람들의 눈이 모인 것과 서포트 중시라고 해도 던전에 들어가면 바로 전투 개시라는 걸 떠올리니 긴장되었다.

"긴장할 거 없어. 편하게 가, 편하게!"

뮤우가 확보한 자리에 서서 가슴에 손을 대고 심호흡을 거듭하는 나와 달리 뮤우는 가볍게 어깨를 두드리며 긴장을 풀어주었다.

그렇게 적당히 힘이 빠졌는지, 나는 다소 진정할 수 있었다.

그리고 던전 대기줄이 줄어들고 우리 차례가 돌아왔다.

"우리 차례군요. 그럼 들어갈까요."

"그래. 윤 언니, 들어가면 전투까지 다소 유예가 있지만 방심하진 마."

"아, 알았어."

뮤우의 당부에 고개를 끄덕이고 파티 멤버와 함께 던전 입구로 들어갔다.

활짝 열린 문 안쪽은 하얗게 흐려져서, 파티원들과 떨어지지 않도록 하면서 안으로 들어가자 갑자기 발밑의 바닥이 사라지는 부유감에 사로잡혔다.

계단을 헛디딘 것처럼 가슴이 철렁하는 감각을 느끼면서도 작은 충격과 함께 시야가 밝아지자, 눈앞에는 눈길 코스가 펼쳐져 있었다.

"여기는……."

조금 떨어진 앞에는 뮤우, 히노, 토우토비가, 후방에는 루카토, 코하쿠, 리레이가 각각 1인용 자주 썰매를 타고 있었다.

"어~이! 다들 괜찮아?!"

"우리는 여기 있어! 괜찮아!"

주위에는 그 외에도 아무도 없는 썰매가 달렸고, 한 명, 또 한 명이 허공에서 썰매 안으로 내려왔다.

내가 다시금 내 발밑을 확인하자 널찍한 썰매를 타고 있고, 다른 플레이어들과 마찬가지로 눈길을 질주하는 걸 알 수 있었다.

"제법 튼튼한 썰매로군. 게다가…… 경치가 좋아."

눈길을 질주하는 수십 개의 썰매가 일으키는 눈보라가 빛을 반사하여 후방으로 흘러가는 경치에 눈을 빼앗기면서도 나는 썰매 위에서 균형을 잡으려고 했는데——

"——아니, 감탄하고 있을 때가 아냐! 빠르잖아, 빨라!"

썰매 고삐를 잡고 중심이 흔들리지 않도록 웅크려서 버텼다.

넓다고 해도 상당한 속도로 달리는 썰매는 무섭다.

몸을 오른쪽으로 기울이면 오른쪽으로, 왼쪽으로 기울이

면 왼쪽으로, 앞으로 기울이면 가속, 몸을 뒤로 눕히면 감속. 그런 식으로 자세에 따른 기본동작을 익혔지만, 완전히 제어할 수 있는 건 아니다. 가까스로 생각한 방향으로 움직일 뿐이다.

한편——

"이얏~호~! 돌진이야!"

뮤우는 스노우보드의 요령으로 다리를 앞뒤로 벌리고 검을 좌우로 휘둘러 균형을 잡으면서 검의 간격을 확인하였다. 또 가속상태에서 썰매 앞부분을 붙잡고 점프를 하였다……. 아니, 저 녀석, 현실에서 스노우보드를 한 번이라도 타본 적이 없는데 저래도 돼?

"뮤우! 아직 전투가 시작되지 않았는데 그렇게 위험한 움직임은 하지 마세요!"

"이제 두 번째지만 센스 보정은 대단하네! 익숙해지면 [행동제한 해제]의 은혜로 이런 움직임도 할 수 있으니까!"

뮤우는 입체적인 회전을 더한 보드 점프를 보였지만, 나는 실패하지나 않을까 조마조마한 심정으로 그걸 바라보았다.

뮤우 이외의 파티멤버도 두 번째 공략 도전이라서 다소 썰매 타기에 익숙해졌는지 조작이 안정되었다.

루카토는 달리는 썰매 위에서 바스타드소드를 한 손으로 휘둘러서 박력이 있다.

토우토비는 좌우로 중심을 기울이며 버드나무 가지처럼 부드러운 선을 설원에 그렸다.

히노는 장창을 짊어지듯이 들고 손을 미끄러뜨려 거리를 조절하며 간격을 확인하였다.

후위조인 코하쿠와 리레이도 각각 부채와 지팡이를 들고, 전위들의 뒤를 쫓아갔다.

이럭저럭 하는 사이에 거의 모든 썰매에 플레이어들이 들어가고, 머지않아 보스전이 시작되려고 하였다.

"루카랑 윤 언니 쪽은 어때?"

"내 쪽은 움직임에 문제없습니다."

"나는 아직 익숙하지 않아……."

이 불안정한 썰매 위에서 활을 겨누는 게 금방 될 리가 없다.

그런 가운데 선두를 폭주하던 뮤우는 눈길에 검을 찔러서 브레이크의 요령으로 감속하며 토우토비와 히노 등과 속도를 맞추었다.

"윤 언니는 무리하면 안 돼!"

네가 날 데려온 거 아니었냐. 그렇게 생각하면 주위를 보니 한 플레이어의 썰매가 불안정한 주행을 보였다.

그리고 다음 순간──

"루카토, 위험해!"

루카토의 앞을 달리던 그 썰매에서 조작을 실수한 플레이어가 날아가고, 조종자를 잃은 썰매는 그대로 뒤를 질주하는 루카토 쪽으로 흘러갔다.

"코하쿠와 리레이는 내 뒤로! 하압──〈쇼크 임팩트〉!"

루카토를 선두로 코하쿠와 리레이가 뒤쪽으로 늘어서자, 루카토가 흘러오는 썰매에 아츠를 날렸다.

노란빛을 띠는 바스타드소드를 대각선 밑에서 쳐올리면서 썰매에 부딪치자 잠시 충돌한 뒤에 썰매가 위쪽으로 떠올랐다.

그것이 또 뒤를 달리는 내 머리 위를 넘어서 후방의 눈길에 꽂히고 멀어졌다.

입을 벌리고 멍한 표정으로 뒤에 꽂힌 썰매에서 앞에 있는 루카토 쪽으로 시선을 되돌리자, 부끄러운 건지 멋쩍은 건지 모호한 웃음을 띠고 있었다.

"루카, 나이스 판단! 굿잡!"

뮤우는 루카토의 냉정한 대처를 마구 칭찬했다.

그러는 한편, 솟구친 눈이 히노 쪽으로 흘러가고 딱 그 눈 속으로 히노가 돌입하였다.

"꺄악?! 뭐야, 이거!"

휘말린 눈을 돌파한 히노는 눈에 놀라서 자세가 흐트러진 채로 코 끝에 살짝 눈을 얹고선 퉁명스럽게 입을 삐죽거렸다.

썰매 뒤쪽으로 몸을 젖혀 앉은 히노의 다리는 눈 속에 썰매 파편이 섞여 있었는지 동복의 검은 타이츠에 다소 작은 구멍이 나있었다.

"히, 히노, 괜찮아?"

"저기…… 히노, 미안합니다."

히노의 상황을 보고 굳은 표정으로 묻는 뮤우와 루카토.

"우우……. 내 동복 타이츠에 구멍이 났잖아! 던전 보스, 절대로 가만 안 둬!"

그 외에도 썰매 조작에 익숙하지 않은 가운데 잘못 조종해서 전투 시작 전부터 몇몇 플레이어가 탈락하는 가운데, 빨간 코에 굵직하고 평평한 뿔, 다리 여덟 개를 가진 악마 순록이 끄는 썰매를 탄 한 소년풍의 악마가 색색의 코와 여덟 개의 다리를 가진 부하 악마 순록들을 데리고 모습을 보였다.

그것은 산타클로스 NPC에게서 썰매를 빼앗은 악마 보스——[악동의 악마]다.

[뭐야? 너희, 우리가 빼앗은 성인의 도구를 되찾으러 왔어? 좋아! 하, 지, 만——이 공간에서 나를 쓰러뜨린다면 말이지!]

어린애처럼 천진난만하게 선언하는 동시에 우리 후방에 꽝음이 일었다……. 아니, 잠깐! 뭐?!

돌아보니 멀리서 눈보라와 요란스러운 소리를 내며 무너지는 눈길. 이쪽으로 닥쳐오듯이 눈길이 점점 사라지고, 방금 전까지 눈길이 있던 곳에는 허공이 펼쳐졌다.

나는 아직 뮤우네처럼 자유자재로 썰매를 움직일 수 없기에 더욱 여유가 없어졌다.

[자, 가라! 악마 순록들!]

그 말과 함께 전투가 시작되어, 전방의 플레이어들이 악마 순록에게 공격을 시작했다.

내 근처에 있는 뮤우와 루카토가 내게 말을 걸어왔다.

"윤 언니는 적당히 인챈트 같은 서포트 부탁해! 자, 토비, 히노, 가자!"

"그럼 우리도 가겠습니다! 윤 씨도 무리 없는 범위로."

나는 뮤우와 루카토에게 고개를 끄덕여주고 최후미에서 썰매 조작에 집중하면서 싸우는 플레이어들의 뒤를 따라갔다.

"〈인챈트〉──어택, 디펜…… 우왓?!"

내가 뮤우네 파티에게 물리공격 인챈트에 이어서 물리방어 인챈트를 걸려던 순간, 앞에서 뭔가 날아와서 황급히 피했다.

그것은 눈덩어리였다.

또 전방의 눈길을 잘 보니 곳곳에 구멍이 뚫려 있고, 거기로 썰매가 들어가면 크게 균형을 잃을 가능성이 있었다.

그리고 그런 구멍들은 악마 순록들이 만들어낸 것이었다.

"거듭 보니 지독한 디자인이네."

여덟 개의 다리로 질주하는 험상궂은 악마 순록들. 그 공격방법은 코의 색깔에 맞춘 하급 속성 마법이었다. 그리고 여덟 개의 다리 중에서 속도를 유지하기 위한 앞다리 네 개와 뒷발차기로 눈을 걷어차는 뒷다리 네 개.

또 평평한 뿔을 삽처럼 눈에 꽂고 힘껏 고개를 처들면 눈덩어리가 포물선을 그리며 후방으로 날아갔다.

그 외에도 플레이어에게 몸을 부딪치는 등의 격투전을 걸어오는 등, 다채로운 공격수단을 가진 악마 순록들.

최후미를 달리는 나는 적의 눈에도 들어오지 않겠지만, 그저 아무렇게나 날아오는 눈덩어리는 내게 필살의 일격이 될 수 있다.

"뭐야, 이 눈 탄막……."

"윤 언니도 무리하지 않는 범위로 힘내! 어차, 위험하네, 위험해."

"뮤우도 무리하지 마! 나는 괜찮으니까!"

그렇게 말하고 뮤우를 전투에 집중시켰지만, 나도 만족스럽게 인챈트를 걸 여유가 없고 두 손을 쓰는 활로 전투에 참가하기에 썰매 위는 너무 불안정했다.

이럭저럭 하는 사이에 전투에 집중하기 시작한 뮤우 등은 썰매를 교묘히 다루어서 악마 순록들에게 반격을 가했다.

"그럼 간다! ──〈델타 슬래시〉!"

뮤우의 공격을 시작으로 토우토비와 히노가 그 뒤를 따를 형태로 전투가 진행되었다.

돌진해 온 악마 순록 한 마리를 산개해서 피하고 곧바로 반격했다.

뮤우가 발동이 빠른 3연격의 공격 아츠를 날리고, 이어서 토우토비가 마비 효과가 부여된 아츠로 베어서 움직임을 둔하게 만들었다.

마지막에서 뒤에서 썰매를 가속시킨 히노가 장창으로 적의 발밑을 헤집듯이 공격해서 악마 순록의 균형을 무너뜨렸다.

질주하던 악마 순록은 순간 균형이 무너지자 튕기듯이 눈길을 굴러서, 썰매를 질주하는 플레이어들의 뒤로 흘러갔다.

[끄오오오——]

그대로 밀려드는 눈길의 붕괴에 휘말려서 낮은 울음소리를 내며 사라지는 악마 순록.

나는 몰래 나무아미타불을 중얼거리며 시선을 돌렸다가 놀랐다.

이건 좀 장난이 아닌데…….

"진짜로 이러지 좀 마. 앞에서 눈덩어리 공격이 오는 것만 해도 귀찮은데, 뒤에서는 눈길 붕괴만이 아니라 악마 순록까지 쫓아오다니."

눈길의 붕괴에 휘말려서 사라진 악마 순록 말인데, 등장할 때와 마찬가지로 하늘을 달려서 내 뒤에 착지, 다시금 눈길에 복귀했다. 물색 코의 악마 순록이었다.

다만 뮤우 등의 연계공격의 대미지와 눈길의 붕괴에 휘말린 대미지로 남은 HP는 6할 정도였다.

그때 악마 순록의 물색 코가 빛나고——

"우와아아, 무리라니까!"

익숙하지 않은 썰매 위에서 날아오는 속성 마법 얼음탄의 착탄점을 피하듯이 썰매를 오른쪽으로 기울였다.

그 직후, 내 썰매의 바로 옆에 얼음탄이 착탄하고 눈보라가 일었다.

이어진 두 개의 얼음탄은 머리 위를 넘어서 전방에 착탄,

그 눈보라를 피하듯이 나는 다시금 썰매를 움직였다.

어쩐다, 활을 써서 공격할까, 아니면 되든 안 되든 식칼로 접근전을 걸까…….

[악동의 악마]가 보스인 길의 던전에서는 썰매를 잃었을 경우의 퀘스트 복귀 방법 중 하나로 사역몹인 뤼이라는 수단이 있는 모양이다. 하지만 이런 초반에 뤼이에게 의존할 순 없다.

"……이렇게 되었으면 소모품으로 밀어야지!"

나는 각오를 하고 인벤토리에서 매직젬을 한 줌 꺼냈다.

발동시간과 악마 순록과의 거리를 재어서 발동 키워드를 외치며 뒤로 던졌다.

"──[봄], [클레이 실드]!"

두 종류의 매직젬이 내포한 마법이 보석을 기점으로 발동했다.

그러자 쫓아오는 악마 순록의 눈앞에 흙벽이 솟구치고 다중폭발이 발생했다.

하지만 질주하는 악마 순록은 커다란 뿔로 흙벽을 뚫고 봄의 폭심지에 뭉게뭉게 피어오르는 눈보라를 짖으며 다시금 모습을 보였다. 그렇기는 해도 역시나 대미지를 전혀 안 입은 건 아니라서 남은 HP는 5할 이하가 되었다.

뮤우 쪽의 연계공격과 비교하면 준 대미지는 적지만, 그래도 충분한 대미지를 준 것에 살짝 기뻐하였다.

"좋아, 이거면……, 어어엇?!"

앞쪽의 플레이어가 공격한 악마 순록 두 마리가 튕기면서 뒤로 흘러가는 것을 보았다.

왠지 모를 불길한 예감에 뒤쪽을 돌아보면…….

"역시나아아아아아아!"

처음의 한 마리에 합쳐서 총 세 마리의 악마 순록이 최후미의 나를 쫓아왔다.

"오지 마아아앗! ──[봄]!"

이번에는 방금 전의 세 배의 봄 매직젬을 썰매에서 뿌렸다.

방금 전보다 커다란 규모의 다중폭격에 휩쓸리는 악마 순록들.

세 마리 중 두 마리는 붕괴하는 눈길 저편으로 날아가고, 나머지 한 마리는 그 자리에서 다대한 대미지를 입었다.

"오! 윤 씨, 재미보고 있네."

"코하쿠! 하나도 재미없어!"

"후후훗, 그럼 우리가 재미를 빼앗아 먹어볼까."

루카토에게 전방의 수비를 맡긴 코하쿠와 리레이는 뒤쪽을 돌아보고 준비했다.

날아가서 눈길 저편으로 사라졌던 악마 순록이 하늘을 날아서 돌아오는 타이밍에 맞추어서 코하쿠와 리레이가 마법을 날렸다.

두 사람이 날린 마법이 내 머리 위를 넘어서 HP가 얼마 안 남은 악마 순록들에게 명중하고 빛의 입자로 바꾸었다.

"오오~! 윤 언니도 재미보고 있어!"

그런 패닉의 어디가 재미있는 걸로 보이냐. 뮤우에게 그렇게 캐묻고 싶었지만, 그 전에 지금 상황을 다시금 확인했다.

다른 플레이어들에게 차례로 토벌되는 악마 순록들.

그리고 부하 악마 순록들에게 전투를 맡기고 계속 달리기만 하는 [악동의 악마]에게 불길함을 느끼면서도 [길의 던전]의 보스전은 중반으로 넘어갔다.

●

악마 순록들의 숫자가 서서히 줄어들고, 거기에 비례하여 눈길을 어지럽히는 공격은 줄어들었다.

이런 식이면 여덟 마리의 악마 순록을 죄다 쓰러뜨리고 남은 플레이어가 보스에게 주력할 수 있다.

내가 그런 낙관적인 생각을 하는 동안에도 같은 파티 멤버인 듯한 썰매 집단이 보스 [악동의 악마]에게 접근하여 공격하기 시작했다.

뮤우나 다른 플레이어들도 서로 충돌하지 않도록 주의하여 장소를 바꾸어 가면서 빨간 코의 악마 순록이 끄는 썰매를 탄 [악동의 악마]를 베었다.

"앞쪽은 잘 풀리나 보네. 나는 뒤에서 공격받지 않게 대처할까."

전방에서 플레이어의 공격을 받아 넘어진 악마 순록들을 일단 최후미의 뒤까지 굴러가서 눈길의 붕괴에 휘말려들면

209

하늘에서 재등장하여 뒤쪽에서 플레이어를 덮친다.

그런 배후에서의 공격으로 이미 몇몇 플레이어가 리타이어했기 때문에 방치할 수도 없다.

최후미를 계속 달리는 나는 썰매 조작에 익숙해지기 시작해서, 한 손으로 썰매 고삐를 잡고 다른 손으로 상태이상약의 약병을 들었다.

똑바로 나를 노리고 돌진해 오는 악마 순록의 진로에서 비껴나도록 썰매를 조작하는 동시에 방금 전까지 내가 있던 장소에 포션병을 던졌다.

공중을 회전하는 포션병은 돌진해 오는 악마 순록의 뿔에 깨져서 안의 액체를 뿌렸다.

그 바람에 약병의 액체를 뒤집어쓴 악마 순록은 다리의 힘이 풀린 것처럼 머리부터 눈길에 고꾸라져서 움직이지 않는 채로 눈길의 붕괴에 휘말려들어 허공으로 사라졌다.

"좋아, 상태이상약도 먹히는군."

전방의 동료와 합류하려고 뒤에서 돌진해 오는 악마 순록이지만, [마비]나 [수면], [기절] 등의 상태이상약이 유효하다고 알았다. 약으로 직접 HP를 깎을 수는 없지만, 약효로 못 움직이게 하면 뒤에서 다가오는 눈길의 붕괴에 휘말려서 대미지를 입게 된다.

"윤 씨, 꽤나 심술궂은 공격을 하네."

"후후후, 아까까지 귀여운 비명을 질렀는데 이미 익숙해진 모양이네요. 조금 더 듣고 싶었지만."

내 썰매보다 조금 앞에 자기들 썰매를 붙여온 코하쿠와 리레이는 나에게 그런 말을 던졌다.

그 동안에도 계속해서 플레이어들의 머리 위를 넘어서 마법을 날리는 두 사람.

또한 그런 두 사람을 정면의 공격에서 지키는 루카토.

그런 우리의 배후에서 습격해 오는 악마 순록을 내가 매직젬이나 상태이상약 등을 써서 막았다.

네 사람이 마름모꼴로 늘어서서 전방을 루카토가, 중앙의 좌우를 코하쿠와 리레이가, 최후미를 내가 각각 지키면서 악마 순록에게 공격을 가했다.

그리고 악마 순록이 또 한 마리 [마비]의 상태이상약으로 못 움직이게 되어 눈길의 붕괴에 휩쓸려 빛의 입자가 되어 사라졌다.

악마 순록이 세 마리만 남자 [악동의 악마]가 새로운 반응을 보였다.

[――이 인간들이! 이렇게 되었으면 성인에게 빼앗은 힘의 일부를 써서 이 자리에서 단숨에 묻어주마!]

어린애 같은 외견과 말투에서 일변해서 눈을 흉하게 일그러뜨리며 격앙하는 [악동의 악마]는 자신의 몸을 중심으로 파문 같은 충격파를 만들었다.

그 타이밍에 공격을 하려던 플레이어는 충격파에 밀려났다. 썰매 위에서 균형을 잃고 넘어지기 직전에 간신히 버틴 그들을 보던 나는 안도의 숨을 흘렸다.

"그런 공격방법이 있으면 왜 처음부터 그걸 써서 플레이어를 썰매에서 떨어뜨리지 않았지?"

"윤 씨, 무슨 무시무시한 소리를 하는 거야."

"윤 씨, 그건 넌센스예요."

내 혼잣말이 들렸는지, 코하쿠와 루카토가 한소리했다.

그 동안에 충격파의 보호를 받는 [악동의 악마]에게 공격하려고 뮤우가 수속광선 마법을 썼지만, 그것조차도 엉뚱한 방향으로 구부러져서 안 맞았다.

[악동의 악마]는 충격파를 계속 만들면서 오른손을 쳐들고 공간에 울리는 목소리로 뭐라고 외치기 시작했다.

[──비틀려라, 꼬여라, 뚫려라, 끊어져라. 내 공간에서는 누구도 앞으로 보내지 않는다. 악동의 이름이 명한다!]

그 말에 맞춰서 일직선이던 눈길에 변화가 생겼다.

"하하하, 모처럼 썰매 조작에 익숙해지기 시작해졌는데……."

눈앞의 광경을 보고 나는 떨리는 목소리로 말을 쥐어짜냈다.

멀리까지 직선이었던 눈길이 중간부터 구부러지고 꺾이는 코스로 변했다.

이런 레이스게임 같은 연속 커브 코스에서 어떻게 적을 쫓아가면 되는 걸까. 게다가 배후에서는 눈길의 붕괴가 더욱 빠른 속도로 굉음을 내면서 쫓아왔다.

나는 몸을 가볍게 앞으로 숙여서 속도를 올리는 것으로

붕괴에게 일정 거리를 지켰지만, 나와 마찬가지로 뒤에서 전투에 참가했던 플레이어 중에는 갑작스러운 붕괴 속도의 상승에 대응할 수 없는 자도 많아서, 붕괴에 바로 휘말리지 않았다고 해도 차츰 썰매가 제어 불능에 빠지고 결국 자멸하여 넘어지고 그대로 눈길의 붕괴에 휘말리는 플레이어도 있었다. 그들의 비명이 한동안 내 귀에 남았다.

하지만 코스의 변화와 함께 [악동의 악마]의 충격파가 사라지고, 제일 먼저 그걸 알아차린 뮤우가 목청을 높였다.

"찬스! 언니! 스피드 강화와 화 속성!"

"뭐?!"

"얼른!"

"으, 진짜! 〈인챈트〉──스피드! 〈엘리먼트 인챈트〉──웨폰!"

그 요구에 응하여 나는 뮤우에게 속도 상승 인챈트를 걸고 불의 속성석을 깨뜨려서 뮤우의 검에 화 속성 인챈트를 걸었다.

그리고──

"커브를 잔뜩 만들었으니까 우리한테서 도망칠 수 없어! ──〈나인소드 슬래시〉!"

"우오오오?! 뛰, 뛰었어?!"

첫 커브에서 커브 안쪽 아슬아슬한 곳으로 [악동의 악마]를 쫓아가나 싶더니, 뮤우는 그대로 코스 밖으로 기세 좋게 뛰쳐나갔다.

코스 아웃 직전에 썰매를 박차고 기세를 타고 활공, 커브가 끝나는 장소에 착지하여 대담한 코스 단축에 성공했다.

그 점프의 기세를 타고 [악동의 악마]에게 다가가서 그 등에 화 속성 인챈트가 걸린 검으로 [아츠]의 연속 공격을 퍼부었다.

점프와 착지로 썰매 제어가 약해진 데다가 [악동의 악마]에게 큰 기술을 날리면서 순간 뮤우의 썰매가 조작불능에 빠지고 그대로 코스 밖을 향해 미끄러졌다.

거기에 [악동의 악마]가 돌아보며 뮤우에게 얼음창을 날렸지만, 썰매가 미끄러지는 바람에 운 좋게 피했고 눈길에 한 손 검을 꽂아서 감속했다.

그런 뮤우의 모습을 보고 나는 내심 식은땀을 흘리면서 썰매 고삐를 힘껏 움켜쥐었다.

조금만 실수했으면 그대로 코스 아웃으로 리타이어할 가능성이 있는데 무리를 한다.

"우와⋯⋯. 위험했다."

"뮤우! 무리하지 마세요!"

루카토가 목청을 높여서 멀리 있는 뮤우에게 말을 걸었다. 거기에 대해 한 손을 들고 흔드는 뮤우의 모습에 한숨이 새어 나왔다.

"후후후, 우리도 가볼까요——〈라바캐논〉!"

"뮤우만 무리하지 않도록 우리도 간다! ——〈에어로캐논〉!"

리레이가 만든 작열의 용암탄이 눈길을 달리는 악마를 향해 날아갔다.

용암탄의 착탄점을 예측할 수 있으면 [악동의 악마]가 피해버린다. 하지만 그런 용암탄을 뒤에서 밀 듯이 코하쿠가 만든 공기포가 터져서 공중에서 용암탄을 가속시켰다.

그리고 가속한 용암탄이 [악동의 악마]를 직격하는 코스에 들어갔지만, 썰매를 끄는 악마 순록이 재빨리 회피했기 때문에 용암탄은 공중에서 폭발하고 소이탄처럼 불꽃이 [악동의 악마]와 악마 순록에게 쏟아졌다.

"좋아! 큰 기술 성공!"

"순조롭군요. 다만 조금 지나친 걸지도 모릅니다."

코하쿠와 리레이의 합동기로 일어난 눈보라를 뚫고 눈길에 모습을 보인 [악동의 악마]는 여태까지 중에서 가장 큰 대미지를 입었다.

그 성과에 코하쿠와 리레이는 썰매를 나란히 달리면서 하이터치하였다.

다른 플레이어들도 지지 않고 좌우 커브가 이어지는 눈길의 인코너를 공략하여 [악동의 악마]를 쫓아가서 베었다.

몇몇 플레이어들의 노도의 공격 러시를 받아서 서서히 [악동의 악마]의 HP가 줄어들었다.

그러자 눈길의 코스를 구부렸을 때처럼 [악동의 악마]는 다시금 광범위의 충격파를 쏘아서 플레이어들의 접근을 막았다.

[이 열등종들이! 살살하며 놀아줬더니 기어오르는군! 나

를 열 받게 했겠다!]

코스의 커브가 사라지고 직선 눈길로 돌아오자, [악동의 악마]가 충격파를 만들던 것을 멈추었다.

그와 동시에 뒤쪽의 눈길의 붕괴 속도가 더욱 빨라지고, 다가오는 굉음이 마치 플레이어들을 몰아세우는 듯한 긴장 감을 낳았다.

그 붕괴 속도에는 [악동의 악마]가 탄 썰매를 끄는 빨간 코의 순록 이외의 악마 순록도 대응할 수 없어서 낮은 신음 소리를 울리면서 차례로 눈길의 붕괴에 휘말려들었다. [악 동의 악마]가 탄 썰매를 끄는 빨간 코의 순록의 머리 위에는 수십, 수백 개의 얼음창이 차례로 전개되었다.

"어이어이, 이런 전개는 못 따라가겠는데."

[——하늘에서부터 꿰뚫어라, 얼음기둥의 감옥!]

최후미를 달리는 나는 멀리서 얼음창의 궤도를 바라보았 지만, 그것들은 우리 플레이어 쪽이 아니라 우리가 달리는 눈길의 아득한 전방으로 사출되었다.

그것은 랜덤하게 눈길에 꽂혀서 얼음기둥의 장애물을 만 들었다.

거기까지 도달한 뮤우와 히노는 자기 무기로 얼음기둥을 부수면서 최단거리로 돌파했지만, 깨진 얼음이 깨뜨린 플 레이어 자신에게 꽂혀서 대미지를 주었다.

토우토비는 장애물을 피하는 쪽을 택하여 자기가 대미지 를 받지 않게 움직였지만, 덕분에 [악동의 악마]를 쫓아갈 속도를 낼 수 없었다.

최후미를 달리는 우리는 안전한가 하면 또 그렇지 않았다.

정기적으로 [악동의 악마]가 얼음창을 사출하여 그렇게 생긴 얼음 장애물에 부딪쳐서 넘어지는 플레이어나 그들이 탔던 썰매가 구르면서 뒤에 있는 우리를 덮친 것이다.

"──우리 쪽에도 왔다!"

얼음 장애물을 피하다가 제어를 잃은 썰매가 또 한 대 고속회전하면서 우리 쪽으로 향했다.

루카토는 바스타드소드를 휘둘러서 썰매를 튕겨냈지만, 동시에 얼음창이 코하쿠의 눈앞의 눈길에 꽂혔다.

그 바람에 코하쿠는 썰매에서 튕겨나가서 하늘을 날았다.

"──코하쿠!"

순간적인 일이라서 루카토나 리레이는 코하쿠를 커버할 수도 없고, 계속해서 날아온 얼음창을 검이나 마법으로 요격하였다.

이대로 있다간 코하쿠는 눈길에 떨어져서 구하기 어려워진다. 그리고 지금 최후미를 달리는 나만이 코하쿠를 받아줄 수 있다.

하지만 코하쿠를 받아내기 위해 썰매의 진로를 바꾸면 얼음 장애물과 부딪치게 된다.

왼쪽으로 피하면 안전하게 회피할 수 있지만──

"코하쿠! 언니!"

"?! 으으, 진짜! 남자는 배짱!"

나는 몸을 오른쪽으로 기울여서 얼음기둥 장애물에 돌격하였다. 처음부터 안전하게 돌파할 수 없다면 각오할 수밖에 없다.

"——〈클레이 실드〉! 코하쿠, 붙잡아!"

나는 썰매의 진행방향에 비스듬하게 흙벽을 만들었고, 썰매를 가속시킨 기세로 흙벽을 뛰어올랐다.

그리고 점프대처럼 높게 날아올라서 얼음기둥 장애물을 뛰어넘고 공중에서 코하쿠를 받아냈다.

"윤 씨?! 왜?!"

그렇게 경사가 심하지 않은 흙벽 점프대지만, 기세를 타고 그대로 착지하는 동시에 얼음기둥 장애물에 정면으로 부딪쳐서 돌파, 깨진 얼음 파편이 나와 코하쿠에게 대미지를 주었다.

코하쿠는 공중에서 붙잡을 수 있었지만, 점프 때문에 가속한 썰매를 내가 제어할 수 없어졌다.

"윤 씨, 도와준 건 고맙지만…… 이대로 가면 우리는 떨어져!"

"알고 있어! 하지만 코하쿠, 나한테 썰매를 자유자재로 조종하는 운동신경은 기대하지 마!"

"왜 그렇게 자신만만하게 말하는데?!"

내가 제어할 수 없는 속도로 질주하는 썰매는 이대로라면 눈길의 코스에서 벗어난다.

다음 전개를 상상하고 나는 다소 죄악감이 들었지만, 둘이서 살아남기 위해선 주저할 수 없다.

"그럼 뛴다!"

"어? 뛴다니…… 와아악?!"

코하쿠를 안은 채로 가속하면서 코스아웃하는 썰매에서 눈길로 뛰어내렸다.

그리고 곧바로 여태까지 온존했던 뤼이를 불렀다.

"와라, 뤼이! ——〈소환〉!"

썰매에서 뛰어내리는 동시에 바로 밑에 성장한 뤼이가 소환되어서 우리를 태우고 달렸다.

우리가 탔던 썰매는 그대로 코스를 이탈하여 허공으로 사라졌다.

"우와! 빨라! 윤 씨, 높아!"

"코하쿠, 떠들면 혀 깨물어."

나한테 안기듯이 뤼이에 탄 코하쿠는 여기에 감격한 듯이 흥이 올랐다.

한편, 나는 왼손으로 뤼이의 고삐를 잡고 교묘하게…… 조종하는 것도 아니라 뤼이의 자유의사에 맡겨 눈길을 달렸다.

장애물인 얼음기둥 사이를 누비듯이 달리는 뤼이는 곧바로 뮤우 등과 합류했다. 정말 나한테는 아까울 만큼 우수하군.

"나이스 어시스트! 언니!"

"……두 번은 못 도와준다."

언니라고 하지 마, 라는 반론을 꾹 삼키며 사실만 말했다.

주위를 둘러보니 뮤우네 파티 외에 남은 플레이어들은 적었지만, 보스 [악동의 악마]의 HP도 크게 줄어들어서 몰아넣었단 느낌이었다.

하지만 얼음창 공격과 얼음기둥 장애물에 가로막혀서 [악동의 악마]에게 좀처럼 결정타를 넣지 못했다.

부딪치면 깨져서 이쪽을 다치게 하는 장애물의 대미지는 얼마 안 되면서도 기분 나쁘다.

대미지량도 방금 전에 코하쿠를 돕기 위해 돌격해보고 안 건데, 한 번 뿐이라면 문제가 안 되지만, 거듭하면 나름 HP를 잡아먹고 썰매 조작에도 영향이 나온다.

"언니랑 코하쿠는 대미지를 꽤나 받았네."

"그래. 게다가 마법도 제법 썼으니까 MP도 모자라. 포션 쓸까."

나는 나와 코하쿠에게 몇 안 되는 메가포션과 MP포트를 써서 얼른 회복시켰다. 그 높은 회복량에 코하쿠가 놀란 표정을 지었지만, 지금은 넘어가자.

자, 앞으로 어떻게 할까. 그렇게 생각하는 나를 태운 뤼이와 썰매로 나란히 달리는 뮤우.

뮤우네 파티 멤버 전원이 합류한 지금, 루카토와 히노가 날아오는 얼음창이나 장애물을 배제하여 진로의 안전을 꾀했다.

그리고 나와 코하쿠, 뮤우의 후방에서는 토우토비와 리레이가 따라왔다.

"장애물이 귀찮으니까 나랑 히노가 진로를 확보. 뮤우와 토우토비가 보스를 베고, 리레이와 코하쿠, 그리고 윤 씨가 후방 지원인 걸로 가고 싶은데 괜찮을까요?"

"반대 없음! 다들 어때?"

루카토의 제안에 뮤우가 기운차게 찬성하고 모두를 둘러보자 모두가 끄덕였고, 나도 그 제안에 따르기로 했다.

곧바로 썰매를 재가속시킨 루카토와 히노는 아츠를 날려서 전장의 장애물을 차례로 파괴하였다.

"하압——〈쇼크 임팩트〉!"

"방해돼! ——〈대차륜〉!"

루카토가 바스타드소드를 휘두르고, 히노가 장창을 휘둘러서 차례로 장애물을 깨뜨려 눈길에 다이아몬드더스트 같은 반짝임을 만들었다.

하지만 동시에 두 사람도 대미지를 받는다.

"내가 강렬한 탄환을 쏜다——〈라바캐논〉!"

"그리고 내가 바람을 겹쳐서 안쪽으로 실어간다! ——〈에어로캐논〉!"

내가 뤼이에 타면서 껴안고 있던 코하쿠는 옆으로 이동해 온 리레이의 썰매로 옮겨 타고, 둘이서 마법을 발동시켰다.

코하쿠와 리레이의 마법의 상승효과로 위력을 더한 용암탄이 하늘에 떠오른 얼음창을 파괴하고 상쇄했다.

"다녀와! 〈인첸트〉——어택, 스피드!"

나는 [악동의 악마]를 향해 썰매를 가속시키는 뮤우와 토우토비에게 인첸트를 걸어 스테이터스를 올렸다.

인챈트가 걸리는 동시에 기세 좋게 [악동의 악마]에게 달려드는 두 사람.

그 외에도 루카토와 히노가 길을 트는 타이밍에 살아남은 플레이어들도 [악동의 악마]에게 공격하기 위해 쇄도했다.

"——가라아앗!"

"……닿아!"

[그러니까 인간 따위가 짜증난다고!]

[악동의 악마]도 여간내기가 아니었다. 썰매를 끄는 빨간 코의 악마 순록에게 채찍질을 하여 속도를 올리고, 플레이어들이 공격해 오는 타이밍에 맞추어 단숨에 거리를 벌렸다.

그리고 [악동의 악마]이 반격해왔다.

"이거 우리가 조금 핀치일지도."

"……뮤우, 이탈을!"

[악동의 악마]의 가속으로 뮤우와의 거리가 벌어지고, 코하쿠와 리레이가 다 파괴하지 못한 얼음창이 이쪽에 도달했다.

그 공격은 뮤우와 토우토비에게 직격하는 코스이며, 방금 전의 공격 직후의 틈을 노린 것이라 회피하기엔 늦었다.

"——〈마법궁 — 환영의 화살〉!"

나는 그 틈을 메우기 위해 후방에서 마법 화살을 날려서 공중에서 얼음창을 요격하였다.

인챈트를 통한 자기강화, 바람의 속성석을 깨뜨려서 무기에 풍 속성을 부여하고 또 [음향액]을 화살촉에 바른 최속의 공격을 후방에서 준비해두었다.

밥상 차리기도 그렇지만, 동료의 미스를 커버하는 것도 서포트의 일. 썰매라는 불안정한 장소에서는 힘들었지만, 뤼이의 위에 있는 지금이라면 활을 충분히 사용할 수 있다.

뮤우와 토우토비는 내가 얼음창을 요격한 틈에 썰매의 속도를 낮추고 후방에 있는 우리와 합류했다.

"재차 돌격! 한 번 더 공격할게!"

"아까 직전에서 보스가 도망치는 바람에 공격이 안 맞았지요. 속도 부족입니다."

"무엇보다 우리의 공격으로 얼음창을 죄다 없앨 수 없었어. 다음에도 안전하게 공격할 수 있다는 보증은 어디에도 없다고."

토우토비가 냉정한 의견을 말하고, 한 썰매에 탄 리레이의 뒤에서 얼굴만 내밀며 코하쿠가 꺼낸 말에 뮤우가 신음하였다.

"으음, 어떻게 한다."

"뭔가 더 필요해요. 여기서 끝내지 않으면 공격할 수 있는 플레이어가 줄어들어서 슬슬 우리가 불리해집니다."

"이렇게 되었으면 가능한 데까지 도전해서 다음으로 살릴 정보를 얻고 돌아가?"

루카토와 히노의 의견에 뮤우가 소리쳤다.

"나는 포기하지 않아! 어쩌면 다음에 운 좋게 공격이 통할지도 몰라. 아직 지금 있는 수단을 다 시험한 게 아냐. 그러니까 나는 이대로 계속 도전할래!"

그렇게 선언하고 천진난만하게 웃는 뮤우를 보며 모두의 표정이 풀어졌다.

　보스를 몰아넣었다고 생각했는데 오히려 궁지에 몰린 이 상황에서도 뮤우는 게임을 즐기고 있다.

　그 마음이 루카토네 파티 멤버 전원에게 퍼졌다.

　그리고 나는 그런 뮤우네를 이기게 해주고 싶었다.

　하지만 [악동의 악마]의 속도를 쫓아가기란 어렵다.

　대량으로 만들어내는 얼음창이나 장애물을 화살로 깨뜨릴 수는 있지만, 보스에게까지 화살을 날릴 순 없겠지.

　눈에 보이는 범위를 동시 폭파하는 [존 봄] 같은 공격수단도 있지만, 얼음창은 파괴할 수 있어도 위력 관계상 [악동의 악마]의 질주를 막는 데에 이르지 못한다.

　[악동의 악마]까지의 거리를 안전하게 달리면서 순간이라도 좋으니까 확실하게 녀석의 발을 묶을 방법은 없을까——나는 메뉴의 아이템 목록을 훑어보며 쓸 만한 것을 찾았다.

　그리고 나는 이 장면에서 최적의 아이템을 찾아냈다.

　"두 가지 생각이 있어 . 다만 그걸 실행하면 이후로 나는 참전할 수 없으니까. 그것만큼은 말해둘게."

　"설마 윤 언니만 리타이어하는 방법?! 나는 그런 작전 인정하지 않아!"

　"아니니까 안심해. 게다가 작전이라고 할 정도도 아냐. 다리가 빠른 뤼이를 뮤우가 타고 돌격하고, 내가 다소 디메리트가 큰 아이템의 힘을 빌릴 뿐이야."

그 말을 들은 뮤우는 서둘러 뤼이의 등에 앉은 내 뒤로 올라탔다.

그때 아무도 없어진 뮤우의 썰매를 히노가 장창으로 교묘하게 움직여서 내가 탈 수 있게 쉬운 장소로 유도했다.

나는 조심조심 썰매로 옮겨 타고 고삐로 조작했지만, 어떻게 뮤우네 파티는 이런 썰매 조작을 주저 없이 할 수 있는 건가 싶었다.

"돌격 타이밍은 뮤우한테 맡길게. 거기에 맞춰서 내가 아이템을 쓸 테니까 그 뒤에 전원이 돌격이야. 뤼이는 뮤우를 지켜줘."

썰매에서 손을 뻗어 나란히 달리는 뤼이의 몸을 쓰다듬어 주고 거리를 벌렸다.

멋대로 뮤우를 태웠지만 거기에 별다른 저항을 보이지 않고 얌전히 따라주는 뤼이에게 고맙다고 생각했다.

한편, 뮤우는 염원하던 뤼이에 탄 감동에 몸을 떨었지만 곧 마음을 다잡았다.

나는 약가게 할머니의 밑에서 만든 [음향액]이라는 마법약을 다시금 꺼냈다.

저번 아츠 공격처럼 본래 무기에 발라서 속성 공격을 부여하는 포션이지만, 나는 이제부터 다른 방법을 사용한다.

"언니, 그걸 쓰는 거구나! 그럼 가자, 다들!"

뮤우의 돌격에 맞추어서 나는 뤼이에게 속도 인챈트를 걸었다.

지난번과 마찬가지로 루카토와 히노, 그리고 토우토비가 진로를 여는 데에 가담하고, 코하쿠와 리레이가 [악동의 악마]가 다시금 만들어낸 얼음창을 파괴하기 위해 마법을 날렸다.

　생존한 다른 플레이어들도 우리의 공격에 맞추어서 마법이나 공격을 날리는 가운데, [악동의 악마]가 짜증내면서 외쳤다.

　[뭘 해도 내 속도를 따라올 수 없어! 발버둥 쳐도 헛수고니까 얼른 떨어져버려!]

　"포기할까 보냐. 나는, 우리는——"

　나는 숨을 크게 들이마시고 마법약 [음향액]의 뚜껑을 열어서 단숨에 들이마셨다.

　목이 열기를 띠고 타는 듯한 감각인 채로 폐에 스며든 공기를 쥐어짜내듯이, 최대한 큰 소리로 외쳤다.

　"——[의외로 질기단 말이다아아아아!]——"

　내 목소리가 증폭되고 공간에 울리더니 압력을 띠고 적을 덮쳤다. 그저 그것뿐인데 목소리가 닿는 범위의 모든 적성 몹에게 풍 속성 대미지가 가고, 또 포션의 추가 효과인 [마비]를 주었다.

　"뮤우! 지금이에요!"

　루카토가 소리치기 전에 뮤이가 최고 속도로 눈길을 내달렸다.

　[음향액]의 추가 효과로 순간 몸이 굳은 [악동의 악마]는

반격을 하기 위한 얼음창을 움직이지 못했고, 썰매를 끄는 빨간 코 악마 순록의 움직임도 둔해졌다.

[……인간, 따위가…… 얕보지 마라아아아!]

하지만 썩었어도 보스다. 상태이상 내성이 강한 건지 금방 [마비 상태]에서 복귀해서, 달려드는 플레이어들에게 얼음창을 사출했다.

거기에 대해 뮤우를 태운 뤼이는 최단 코스인 얼음창 안으로 돌진하였다.

그리고 뤼이와 뤼이를 탄 뮤우의 모습이 흐려지고, 투명화한 몸으로 얼음창 안을 통과하였다.

뤼이의 투명화를 통한 절대회피. 이 능력이 있으니까 적까지 최단거리로 내달릴 수 있다.

[악동의 악마]가 뤼이와 뮤우의 존재를 깨달았을 때에는 이미 바로 옆까지 와 있었다. [악동의 악마]는 [마비]에서 회복되긴 했지만, 썰매를 끄는 악마 순록은 아직 움직임이 둔해서 도망칠 수 없다.

뮤우가 공격 모션에 들어가고 뤼이의 투명화가 강제 해제되었지만, 이미 [악동의 악마]는 도망칠 수 없다.

그리고 뮤우가 무기를 번뜩였다.

[……이럴……수가.]

[악동의 악마]의 몸이 썰매에서 무너지고, 차례로 쫓아온 플레이어들의 공격을 받아서 눈길에서 튀었다.

우리는 그 몸을 피해서 전진하였고, 계속 뒤로 굴러간 [악동의 악마]는 그대로 눈길의 붕괴에 휘말려 사라졌다.

●

"해냈다! 드디어 해치웠다!"

'이겨서 다행이네.'

뮤우가 온몸으로 기쁨을 표현하지만, 기승을 허용한 뢰이는 그게 귀찮은지 조금 짜증내는 기색으로 달리는 속도를 줄였다.

"언니, 해냈어! 이겼어!"

'그러니까 오빠라고 하라고, 나 참⋯⋯.'

이번에 내가 쓴 [음향액] 등의 마법약은 잘못 사용하면 그 뒤에 한동안 말을 할 수 없고 마법이나 아츠를 쓸 수 없어진다. 일단 이번에는 그걸 알고서 한 거지만.

그렇기 때문에 한동안 입을 다물고, 뮤우에게 일방적으로 떠드는 것을 그저 들을 수밖에 없다.

머지않아 설원의 장애물이 사라지고 길게 이어지나 싶던 눈길 코스에 끝이 보였으며, 살아남은 플레이어들이 차례로 빛의 게이트에 썰매로 뛰어들었다.

우리도 그 뒤를 따라서 게이트를 빠져나가자──

──축하합니다. 보스몹 토벌 완료로 길의 던전이 공략되었습니다. 남은 두 던전 [난로]와 [묘지]가 공략되면 이벤트의 특별

과제가 달성됩니다.

빛 안에 흐르는 안내방송을 들으면서 올 때와 비슷하게 가벼운 부유감을 느꼈다.

어느 틈에 발밑에 있던 썰매는 빛의 입자가 되어 사라지고, 플레이어들은 차례차례 던전 밖으로 배출되었다.

그런 가운데 뤼이를 타고 있던 뮤우는 혼자 서 있고, 던전의 공략 달성 공적과 함께 많은 플레이어들의 시선을 받았다.

또 내 동생의 전설에 새로운 한 페이지가 추가되었구나 싶어서 나는 쓴웃음을 지었다.

그런 뮤우네 파티는 던전에서 나오자 많은 플레이어들에게 둘러싸여 있었다.

뮤우를 태우고 있던 뤼이는 뮤우가 지면에 내려오자 투명화를 써서 사람들 사이를 빠져나와 내 옆으로 돌아왔다.

다른 플레이어들은 뤼이가 〈송환〉되었다고 생각했는지 주위를 둘러보았지만, 현재는 내 옆에서 모습을 감추고 있을 뿐이다.

뮤우네 파티에 대한 축하는 시간이 더 걸릴 것 같기에 [음향액]의 디메리트가 계속되는 나는 가만히 뤼이와 함께 그 자리를 떴다.

뮤우가 나중에 먼저 돌아갔다고 화낼 거라고 생각하면서 [아트리엘]까지 돌아온 나는 그대로 로그아웃했다.

결국 크리스마스 던전의 결과 말인데, [설원의 던전]은 레티아네가 공략했고, 우리가 던전을 공략하는 동안 어딘가의 파티가 [거대수의 던전]을 공략한 모양이었다.

남은 던전은 [난로]와 [묘지]였는데, 우리가 던전을 클리어하고 이틀 뒤에 이벤트 전체의 퀘스트 소화율이 올라가면서 난이도가 내려가서 머지않아 누군가가 클리어했다고 한다.

모든 던전이 클리어된 뒤, 산타클로스 NPC에게로 빼앗긴 도구가 돌아왔다. 그리고 산타클로스가 다시금 하늘로 날아올라서 즐거운 웃음소리를 울리면서 어딘가로 가는 모습을 우리는 우연히 목격했다.

그리고 산타클로스를 도운 덕분에 모든 플레이어에게 어떤 안내문이 나왔다.

──축하드립니다. 산타클로스의 도구를 악마의 손에서 되찾았기에 산타클로스로 부터 여러분에게 감사의 표시로 이벤트 종료 후인 12월 23일부터 [프레젠트 박스]가 배송됩니다.

특별보수인 [프레젠트 박스]란 퀘스트칩 50개와 교환할 수 있는 아이템이기 때문에, 모든 플레이어게 퀘스트칩 50개가 나온 거나 마찬가지다.

뭐, 플레이어에 따라서는 아이템보다 퀘스트칩을 50개 받는 편이 좋다는 사람도 있나 보지만.

나는 그 안내문이 나온 뒤에 [아트리엘]에서 혼자 그때를 느긋하게 기다렸다.

기다리고 있었는데…….

"여, 놀러왔어."

"아가씨, 신세 좀 질게."

"……왜 타쿠랑 미카즈치가 오는 거야?"

[아트리엘]에서 느긋하게 보내는 나에게 타쿠와 다소 기분 상한 미카즈치가 찾아왔다.

"아니, 아가씨, 내 말 좀 들어봐! 세이는 박정하다고! 모처럼 [묘지] 던전을 [팔백만]의 정예들과 공략했는데, 시간이 없다면서 바로 로그아웃했어!"

"그야 귀성 준비나 이동 시간이 있을 거 아냐. 나나 뮤우도 세이 누나가 돌아오는 걸 기대하고 있어. 혹시 미카즈치 때문에 늦어진다면……."

나는 끝까지 말하지 않았지만 으스스한 눈총을 미카즈치에게 날리자, 미카즈치는 순순히 고개를 끄덕였다.

"아가씨와 뮤우를 적으로 돌리고 싶진 않으니까 알았어."

"세이 누나가 돌아오는 건 내일이었지. 윤, 나도 만나러 가도 될까? 주스랑 과자 사들고 갈 테니까."

"크리스마스용으로 케이크랑 오르되브르를 샀으니까 먹으러 와. 파티는 사람이 많은 편이 즐겁고, 어차피 게임 대회가 될 거잖아. 넷이 모이지 않으면 분위기가 안 살지."

4인용 파티 게임을 할 때는 항상 모이던 멤버로 하는 편이 즐겁다. 뭐, 내가 최하위인 건 거의 결정이지만.

그리고 타쿠나 미카즈치와 담소하는 사이에 드디어 그때

가 왔다.

──성적 집계 개시. 이후의 행동은 가산되지 않습니다.
집계 후에 결과 발표. 거듭 말합니다.

드디어 시작된 이벤트 결과 발표.
잠시 뒤에 내 앞에 메뉴가 표시되었다.

──퀘스트 소화율 : 86% 크리스마스 던전 : 제패
소지 퀘스트칩 : 79개

약가게 할머니네에서 마법약 납품 퀘스트를 클리어했을
때에는 76개였고, [길의 던전]을 클리어한 후에 보수 1개인
심부름 퀘스트를 3개 클리어해서 79개가 되었다.

또 퀘스트칩 이외에도 [크리스마스 던전]의 제패로 [프레
젠트 박스]나 [퀘스트 소화율]에 관한 보수도 있다.

"어디 보자…… [퀘스트 소화율이 80~90퍼센트를 달성했
기 때문에 모든 플레이어에게 7SP가 추가됩니다]라는군."

"7SP라. 보통 취득 센스를 좁히면서 레벨을 올리면 그 정
도는 남는데."

미카즈치는 뒷머리를 긁적이면서 대답했지만, 나로서는
다른 의견이었다.

"SP에 여유를 주고 더 다양한 센스를 취득하기 쉽게 만들

려는 목적 아닐까?"

내 말에 '그런 생각도 있겠군'이라며 납득하는 미카즈치. 하지만 타쿠가 다른 방향의 문제점을 지적했다.

"하지만 이러면 취득 PS의 합계치가 늘어난다는 소린데, 포션의 회복량 제안에 걸리는 플레이어가 나오지 않을까?"

"".............""

타쿠의 의견도 지당하다. SP를 일정 이상 취득하면 특정 포션의 회복량이 내려간다. 그걸 회피하기 위해서 회복량 제한이 없는 블루포션이나 옐로우포션 등이 존재하지만, 그 레시피가 다소 귀찮았다.

그렇다면 앞으로 일어날 문제를 예견하여 얼른 손을 써두는 편이 좋다. 그렇게 생각하고 나는 바로 점포에 있는 NPC 쿄코에게 그런 포션들의 소재들이 비싸지기 전에 사두라는 지시를 내려서 내보냈다.

"뭐, 그 이야기는 둘째 치고. 나로서는 조금 분하군. 퀘스트 소화율 80~90퍼센트로 플레이어 전원에서 SP7씩이라는 소리는 91퍼센트 이상이라면 뭘 받았을까 싶어서 말이야."

"그래. 나도 최고의 보수가 궁금해."

그렇게 말하자 두 사람은 마지막으로 입수한 [프레젠트 박스]와 퀘스트칩의 교환품 화제로 넘어갔다.

"윤은 어쩔래? [프레젠트 박스]는 안 열 거야?"

[프레젠트 박스]는 연 플레이어가 그때 탐내는 아이템을 입수할 수 있는 아이템이다.

다만 게임 밸런스를 망가뜨릴 수 있는 고성능 아이템이 아니라 장난감 아이템 같은 성능으로 조절되었다.

"으음, 어떻게 할까."

"윤의 경우라면, 무한의 화살통이라든가 식물 씨앗이나 포션 레시피일까?"

얼른 자기 [프레젠트 박스]를 연 미카즈치는 소형 증류기를 입수해서 그걸 바라보며 내게 물었다.

그리고 타쿠도 퀘스트칩 교환과 [프레젠트 박스]를 열어서 나온 아이템을 나란히 놓고 보았다.

퀘스트칩 100개와 교환한 것은 마개조 소재의 무기고, [프레젠트 박스]에서 나온 것은 그 무기에 맞는 칼집이었다.

타쿠는 이도류의 장검을 쓰지만, 그 마개조 소재의 무기는 칼날이 휜 외날 무기──일반적으로 도라고 부르는 것이다.

칼날 길이는 타쿠가 보통 쓰는 무기와 그리 다르지 않지만, 검과 도는 베는 법이 다르다.

그 도에 맞는 칼집 또한 어떤 특징이 있을 듯했다.

"타쿠, 그 도와 칼집은?"

"칼만 있으면 멋이 없으니까. 내구도 설정이 없는 칼집을 부탁했어. 이거라면 도와 칼집으로 이도류를 할 수 있겠지?"

네가 어디 검호냐. 그렇게 한소리 하고 싶었지만, 아이템을 쓰는 방식은 저마다 다른 거라고 납득했다.

그리고 타쿠가 입수한 칼집은 분류상 검이고, 내구도가 설정되지 않은 유니크 아이템이다.

공격력은 거의 없는 것에 가깝지만, 추가 효과로 [손어림 공격]이라고 해서 HP가 1퍼센트만 남는 효과를 가진 모양 이다.

그리고 다음은 내 차례라고 두근두근하는 느낌의 시선을 보내오는 두 사람.

하지만 미안하게도 아무리 [프레젠트 박스]의 내용을 상 상해도 나로서는 딱 와닿는 게 없었다. 그렇기 때문에 나는 두 사람의 기대를 배신하는 선택을 했다.

"나는——장식해둘까?"

"……뭐, 윤답네."

"그래. 억지로 지금 당장 교환할 필요도 없고, 원하는 게 생기면 교환해도 되지."

"어라? 이상하잖아! 라는 반응은 없어?"

내가 예상했던 것과 다른 반응에 오히려 놀랐지만, 두 사 람은 쓴웃음을 짓고 대답했다.

"귀중한 아이템이니까 아깝다면서 그대로 놔두는 녀석은 제법 있어."

"우리 길드에도 있지."

그렇게 말하며 웃는 두 사람을 보니 그런가 싶어서 안심 하였다.

그 뒤에 퀘스트칩의 아이템 교환 목록에서 퀘스트칩 50개 를 소비하여 [인스턴트 하우스]를 교환하고, 나머지 25개로 [랜덤 박스 (3개)]를 교환하고, 그래도 남은 4개는 전부 SP

로 교환하여 4SP를 입수했다.

"자, 슬슬 시간됐으니까 난 들어갈게. 이벤트 수고했어."

"그래, 수고했어. 겨울의 퀘스트 이벤트가 끝났으니까 다음은 연말 업데이트로군."

그렇게 말하며 일어선 두 사람은 나에게 가볍게 인사하고 [아트리엘]을 나갔다.

이번 이벤트는 솔로 참가로 느긋하게 보내려고 했는데, 돌아보면 결국 평소처럼 정신없었다.

그래도 즐거운 일도 많았고 좋았지.

그렇게 생각하면서 나는 로그아웃했다.

종장 본가 귀성과 크리스마스 파티

"후후후, 타쿠미 오빠. 오늘이야말로 결판을."

"바라는 바야. 미우, 간다!"

방 한쪽에서 우리 집 TV를 점령한 내 친구 타쿠미와 여동생 미우. 크리스마스 파티는 저녁부터인데 대낮부터 눌러앉아서 게임을 계속하였다.

때로는 대전, 때로는 협력, 여러 가지 게임으로 승패를 겨루었다. 지금은 격투 게임으로, 서로의 캐릭터가 영 점 몇 초 단위로 기묘한 춤 같은 움직임을 하는 격렬한 공방을 펼치고 있고, 두 사람의 시선은 화면 안의 캐릭터의 일거수일투족으로 향하였다. 그런 상태에서 수중의 컨트롤러를 정확히 조작해서 콤보를 이어가는 것을 보면, 솔직히 흉내 낼 수 있을 것 같지 않았다.

"너희들…… 하루 종일 게임만 할 거야?"

"그러기 위해서 주스랑 과자랑 게임을 가져왔으니까……
우왓?!"

"좋았어! 초필살기로 끝이다아아앗!"

격렬한 러시가 들어가는 화면 안의 상반신 알몸의 모히칸 근육 달마보다도 내 여동생의 목소리 쪽이 시끄럽다. 그리고 HP 게이지가 단숨에 깎인 타쿠의 조작 캐릭터인 마른 체격의 무술가가 화면 위로 날아가서 하늘을 날고 천천히 낙하하여 KO 마크가 떴다.

"큭?! 정신이 흐트러졌군. 한 번 더! 이번에는 방심 않겠어!"

"그럼 다음은 레이스 게임 할래요? 아니면 대전 로봇? 아니면 스포츠인가요?"

"이 인간들 사람 말을 안 듣네."

그렇게 말해도 타쿠가 집에 오기까지 미우가 가만히 있질 못했으니까 어느 편이 낫다고 할 순 없다.

예정대로는 오늘 시즈카 누나가 돌아온다. 아침에는 대략적인 도착 시간을 들었고 저녁에 할 크리스마스 파티에 늦지 않을 듯하지만, 그래도 가만히 기다리지 못하는 미우를 타쿠가 다독여주는 건 다행이다. 나는 그렇게 생각하면서 타쿠가 가져온 주스를 마시며 두 사람을 지켜보았다.

그때——

"나 왔어——"

"시즈카 언니다!"

"어이, 미우! 집 안에서 뛰지 마."

정확하게 예정 시간에 집에 돌아온 시즈카 누나를 마중하려고 손에 든 컨트롤러를 내던지고 현관으로 달려가는 미우. 그걸 나무라려고 나는 말했지만, 이미 미우는 뛰어가느라 듣지 않았다.

한숨을 내쉬면서 타쿠도 게임을 중단하고 시즈카 누나를 맞으러 현관으로 나갔다.

"어서 와! 우와! 역시 언니다! 진짜 언니다! 언니 냄새다!"

"미우는 아직 어린애네. 슌과 타쿠미도 있구나."

"어서 와. 얼른 올라와. 주스라도 마시면서 쉬다가 파티 하자."

"시즈카 누나, 짐은 내가 들게요."

타쿠미가 싹싹하게 시즈카 누나의 짐 가방을 받아서 계단 앞까지 가져다두었다.

시즈카 누나의 가슴에 정면에서 얼굴을 파묻은 미우를 떼어내고 거실로 들어가는 시즈카 누나에게 주스나 과자를 주자 '무슨 손님 같네'라는 소리를 들었다.

"누나는 언제까지 여기 있을 거야?"

"크리스마스부터 1월 성인식 직전까지니까, 2주 정도야. 그때까지는 여기서 느긋하게 있을 거야."

"꽤 기네."

"대학의 방학은 길지만, 학과에 따라선 기간이 다른 경우가 있으니까. 내 경우는 보통 그렇게 바쁘지 않지만, 봄여름의 휴강 때에도 적당히 예정이 있으니까 멀면 돌아올 타이밍을 찾기 어려워."

그렇게 말하고 살짝 한숨을 내쉬었지만, 별로 심각한 느낌은 아니었다.

어느 쪽이냐면 충실한 생활 속에서 나오는 행복한 한숨이었다.

"시즈카 누나도 왔으니까 넷이서 할 수 있는 게임할까!"

"예이! FPS! FPS!"

"파티게임 같은 것도 좋겠네. 슌도 할 거지?"

"알았어. 머릿수가 필요한 거지."

이 네 명 중에서 최하위는 나겠지만, 오래간만에 넷이 모였으니까 즐기자.

크리스마스 밤은 게임 대화로 보낸다. 각자가 잘하는 장르의 게임으로 겨루지만, 내가 이기는 것은 운 요소가 강한 게임, 그것도 어쩌다 이기는 정도였다.

크리스마스가 지나면 또 각자 OSO 준비를 하겠지.

연말 업데이트도 다가와서 우리의 즐거움은 끝날 일 없다.

——스테이터스——

NAME : 윤

무기 : 검은 소녀의 장궁, 볼프 사령관의 장궁

부무기 : 마기 씨의 식칼, 고기 써는 식칼 중흑, 해체식칼 창무

방어구 : CS No.6 오커 크리에이터 (하복, 동복)

액세서리 장비 한계 용량 (2/10)

– 페어리 링 (1)

– 대신하는 보옥의 반지 (1)

소지 SP 64

[장궁 Lv31] [마궁 Lv10] [하늘의 눈 Lv17] [간파 Lv29]

[마도 Lv20] [지 속성 재능 Lv30] [부가술 Lv44] [조교 Lv30]

[조약사 Lv12] [물리공격 상승 Lv10]

대기
[활 Lv50] [준족 Lv22] [연금 Lv45] [합성 Lv45] [조금 Lv26]
[생산직의 소양 Lv7] [요리인 Lv15] [수영 Lv15] [언어학 Lv25]
[등산 Lv21] [신체내성 Lv5] [정신내성 Lv4] [선제의 소양 Lv10]
[급소의 소양 Lv10]

인포메이션
– New : [지 속성 재능]의 레벨이 30에 도달. 상위 센스가 발생.

퀘스트 이벤트 최종 결과
– 겨울 퀘스트 이벤트의 퀘스트 소화율──86%
– 이벤트 보수 : [프레젠트 박스(미개봉)],
[인스턴트 하우스(미설치)], [랜덤 박스(3개)]
– 기타 보수 : [디스카운트 초커], 다수의 조합 레시피

처음 뵙는 분, 오래간만인 분, 안녕하세요. 아로하자초입니다.

이 책을 손에 들어주신 분, 담당 편집자 O 씨, 작품에 멋진 일러스트를 준비해주신 유키상 님, 또 출판 이전부터 인터넷상에서 제 작품을 봐주신 분들에게 다대한 감사를 드립니다. 현재 OSO 시리즈는 드래곤 매거진에서 외전 백은의 여신을, 드래곤에이지에서 하니쿠라운 님의 코미컬라이즈판은 연재하고 있습니다. 코미컬하고 큐트한 코믹스판의 윤 일행의 활약이나 본편에서 그려지지 않은 뮤우 일행의 귀여운 모습이나 멋진 활약을 볼 수 있습니다. 꼭 손에 들어주셨으면 합니다.

9권부터 시작된 [겨울 마을편]은 캐릭터들이 각각 멋진 동복을 입고 활발하게 움직입니다만, 제게 겨울은 시련의 시기입니다.

이전에 하숙했던 칸토의 따뜻한 지역에서는 눈이 안 내립니다. 추워도 두껍게 입고 점퍼를 입으면 의외로 괜찮아요. 오히려 실내는 난방이 있으니까 얇은 옷차림의 생활을 했지만, 본가로 돌아가면 상황은 일변.

아침에는 빙점 아래로 내려가고, 도로는 눈 녹은 물이 얼어붙고, 등유 스토브나 코타츠를 쓰고 모포와 두꺼운 옷으로 체온을 유지하도록 하는 시기.

실내외의 온도 변화와 건조한 공기가 피부의 윤기를 빼앗아 대미지를 주고, 아침의 따뜻한 이불 속에서 빠져나오려면 결사의 각오가 필요한 나날.

매일 얼른 여름이 되라고 빌면서 봄을 지나서 현재는 여름. 습도가 낮고 기온이 높은 더위는 낮잠 자기 좋고 지내기 편하니까, 겨울은 칸토, 여름은 본가라는 식으로 옮겨가며 생활했으면 좋겠습니다.

앞으로도 저, 아로하자초를 잘 부탁드립니다.

마지막으로 이 책을 손에 들어주신 독자 여러분께 거듭 감사드립니다.

또 여러분을 만날 수 있는 날을 기대하고 있겠습니다.

2016년 7월 아로하자초

» 간츠

무 기	—
머 리	—
겉 옷	스트리트 파이터
속 옷	대물 흡수 서포터
팔	몽크 밴티지
가 슴	스트리트 파이터
허 리	경철 레거스
액세서리	?

취득 센스 ※10권 시점

[격투기 Lv12] [투척술 Lv10] [마력 Lv37]

[물리 상승 Lv42] [준족 Lv42]

[입체 제한 해제 Lv20]

[대기 파기 Lv24] [무예자 Lv50]

[선제의 소양 Lv45] [덫 해제 Lv18]

예비

[권 Lv32] [발차기 Lv30]

[갑옷 Lv30]

[경갑옷 Lv24] [완력 Lv24]

etc……

[격투기] ………… [격투]의 상위 센스. 주먹, 발차기, 던지기 계열의 센스를
일정 레벨 이상까지 올리면 얻을 수 있다.

[투척술] ………… [투척]의 상위 센스. 투척에 대해 대단히 높은 보정을 갖는다.

[입체 제한 해제] … [행동 제한 해제]의 상위 센스. 자유로운 움직임으로 보다 큰 보정을 받고
빠른 움직임에 대응할 수 있게 된다.

[대기 파기] ……… [대기 단축]의 상위 센스. 아츠 후의 대기 시간을 한없이 0에 가깝게 만든다.

» 케이

무 기	용병의 중검
머 리	—
겉 옷	전장의 수호자
속 옷	연명의 사슬갑옷
팔	쓰러지지 않는 방패
가 슴	전장의 수호자
허 리	전장의 수호자
액세서리	?

취득 센스　　※10권 시점

[양손검 Lv48] [큰 방패 Lv57]
[전신갑옷 Lv51] [마력 Lv36]
[강인한 몸 Lv35] [수호 Lv32]
[HP 상승 Lv49] [위압 Lv38]
[근성 Lv31] [투사의 소양 Lv27]

예비

[검 Lv39] [방패 Lv42]
[갑옷 Lv41] [물리 상승 Lv31]
[물리공격 상승 Lv47]
[무거운 일격 Lv47] etc……

[강인한 몸] ········ [물리방어 상승]의 상위 센스. 물리방어 스테이터스에 보다 높은 보정을 갖는다.
　　　　　　　취득 후 원래 센스는 소멸한다.
[수호] ············· [마법방어 상승]의 상위 센스. 마법방어 스테이터스에 보다 높은 보정을 갖는다.
　　　　　　　취득 후 원래 센스는 소멸한다.
[위압] ············· [도발]의 상위 센스. 적 몸에게서 어그로를 더욱 모으기 쉬워진다.
　　　　　　　비선공형 몸에 대해서는 높은 확률로 공격력의 저하를 일으킨다.
[근성] ············· [기합]의 상위 센스. 물리 대미지의 경감, 넉백 내성 외에 즉사 내성 등을 새롭게
　　　　　　　취득한 센스.
[투사의 소양] ······ [전사의 소양]의 상위 센스. 무기 전반의 공격과 아츠에 보다 높은 보너스가 붙는다.

» 미닛츠

무 기	지팡이 [링커네이션]
머 리	—
겉 옷	세이크리드 프리스테스
속 옷	—
팔	—
가 슴	세이크리드 프리스테스
허 리	세이크리드 프리스테스
액세서리	황금의 헥사링(2), 성십자의 작은 교회(2),

장비 한계 용량 8 / 10   지천사의 양익륜(3), 윤회의 문신(1)

취득 센스   ※10권 시점

[전투봉 Lv28] [외투 Lv37] [마도 Lv40]
[마력 Lv61] [천광 속성 재능 Lv38]
[치유 Lv39] [마법 상승 Lv41]
[영창 단축 Lv31] [마법 범위 확대 Lv22]
[치유의 수양 Lv34]

예비

[지팡이 Lv40] [봉 Lv30]
[무거운 일격 Lv30]
내성 계열 센스 등 etc……

[전투봉] ·········· [지팡이]와 [봉]의 파생 센스. 회복마법과 물리공격에 보정을 갖고 양쪽의 성질을 갖는다.
[외투] ············ [천옷]의 파생 중 하나. 천 방어구에 대해 물리방어면에서 보다 높은 보정을 갖는다.
[천광 내성 재능] ··· [광 속성 재능]의 상위 센스. 보다 강력한 빛 마법을 쓸 수 있게 된다.
[치유] ············ [회복]의 상위 센스. 회복량이 늘고, 보다 많은 회복마법을 쓸 수 있게 된다.
[마법 범위 확대] ··· 마법 계열 스킬의 사정거리, 효과 범위가 확대된다.
[치유의 소양] ····· 마법, 아이템의 회복량의 보너스가 붙는다.

» 마미

무 기	엘리멘터러 롯드
머 리	마녀의 뾰족모자
겉 옷	하이위치 로브
속 옷	숲의 마녀 원피스
팔	은자의 장갑
가 슴	숲의 마녀 원피스
허 리	—
액세서리	식자의 마경(1), 스타더스트 리제네이터(2),

장비 한계 용량 5 / 10　여행하는 마녀의 부츠(2)

취득 센스　※10권 시점

[긴 지팡이 Lv43] [마장 Lv18] [마도 Lv50]
[대마력 Lv14] [폭풍 속성 재능 Lv44]
[마법 상승 Lv45] [도사 Lv8]
[영창 단축 Lv44] [마녀의 지식 Lv12]
[마도사의 소양 Lv21]

예비

[지팡이 Lv50] [염 속성 재능 Lv41]
[빙 속성 재능 Lv39] [지 속성 재능 Lv21]
[마법공격 상승 Lv45] [MP상승 Lv28]
[MP 자연회복 상승 Lv30] [이중영창 Lv28]
[MP소비 감소 Lv24]
내성 계열 센스 etc……

[마장] ………… [지팡이]의 파생 센스 중 하나. 지팡이 계열 전반에 대한 보정이 보다 커지고,
　　　　　　　 마법 계열 스킬의 위력에 보정을 받는다.
[대마력] ……… [마력]의 상위 센스. 보다 많은 MP를 얻을 수 있다. (취득 조건 : [마력 Lv70])
[도사] ………… [마법공격 상승]의 상위 센스. 마법공격의 스테이터스에 보다 높은 보정을 갖는다.
　　　　　　　 취득 후 원래 센스는 소멸한다.
[마녀의 지식] … [마녀 수습의 지식]의 상위 센스. 완성된 마법에 대해 MP를 과도하게 소비하여서 위력을 끌어올릴 수 있다.
　　　　　　　 다만 위력의 상한은 있다.
[마도사의 소양] … [마법사의 소양]의 상위 센스. 마법의 발동속도, 위력에 보너스가 붙는다.

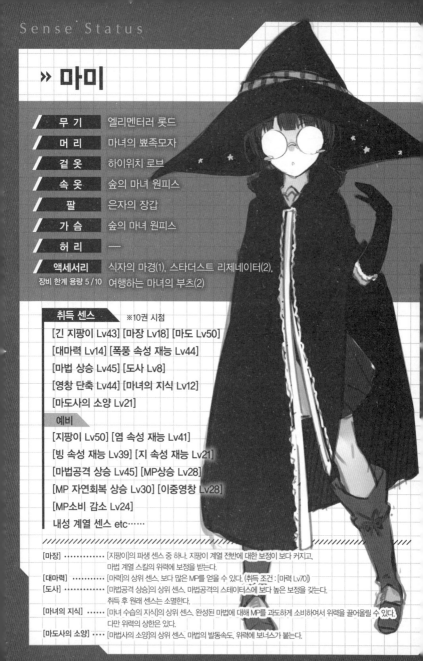

Only Sense Online Vol.10
©Aloha Zachou, Yukisan 2016
First published in Japan in 2016 by KADOKAWA CORPORATION, Tokyo.
Korean translation rights arranged with KADOKAWA CORPORATION, Tokyo.
Korean translation rights ©2018 by Somy Media, Inc.

온리 센스 온라인 10

2018년 4월 24일 1판 1쇄 인쇄
2018년 5월 1일 1판 1쇄 발행

저   자 아로하자초
일 러 스 트 유키상
옮 긴 이 한신남
발 행 인 유재옥
본 부 장 조병권
담당편집자 김민지
편   집 권오범 강혜린 김다솜 김민지 김혜주 이문영 박은정 정영길 조찬희
라이츠담당 박선희 오유진
디 지 털 최민성 박지혜
인쇄제작처 코리아피앤피
발 행 처 ㈜소미미디어
등   록 제2015-000008호
주   소 서울시 마포구 토정로222, 403호(신수동, 한국출판콘텐츠센터)
판   매 ㈜소미미디어
마 케 팅 한민지 김선형
전   화 편집부 (070)4164-3962, 3963 기획실 (02)567-3388
          판매 및 마케팅 (070)4165-6888, Fax (02)322-7665

ISBN 979-11-6190-421-4 04830
ISBN 979-11-5710-083-5 (세트)